Freunde für immer
Einmal Bolivien und zurück

von

Marion Romana Glettner

Dieses Buch widme ich Zulema Doria Medina und tia Luz, die leider viel zu früh verstorben sind.

Weiterhin möchte ich mich bei Familie Lòpez-Videla, Mariela Llanos, Graciela Cors, Magela Lòpez-Videla und Evie de Rivera für die Gastfreundschaft bedanken.

Herzlichen Dank auch an Cindy Müller für die Hilfe am Manuskript.

Lektorat: Skadi Lückerath M.A.

Herstellung und Verlag:
Books on Demand GmbH, Norderstedt
ISBN 978-3-8448-0743-1

1.   Kapitel

Der Lärm der Maschine klang ab und die Türen öffneten sich. Im ganzen Flugzeug hörte man das Klickendes Sicherheitsgurtes und das Murmeln der Fluggäste. Gepäckstücke wurden aus den Fächern über den Sitzen gerissen, während sich viele der anderen Passagiere bereits vor der Tür und auf dem Gang eine lange Schlange bildeten. Meine Tochter und ich standen mit unseren neuen Bekannten, die wir bereits auf dem Hinflug kennen gelernt hatten, fast am Ende, froh nach solch einem langen Flug endlich wieder festen Boden unter den Füßen zu haben. Ich war sehr müde und freute mich nur noch auf mein Bett. Immerhin waren wir zwölf Stunden unterwegs gewesen.

Wir kamen mit dem Flug AR 1150 aus Argentinien an und gingen nun alle gemeinsam in den Aufenthaltsraum des Madrider Flughafens. An der Anzeigetafel suchten wir unseren Anschlussflug nach Frankfurt am Main heraus. Vor der Tafel drängten sich die Urlauber. Es war ein riesiger Tumult. Bis zum Weiterflug hatten wir noch zwölf Stunden Zeit und sahen uns so in der Flughalle um. Dort befanden sich viele Einkaufsshops und Restaurants. In der Mitte und an den Seiten der Halle waren Sitzmöglichkeiten aufgestellt. Wir suchten uns einen Platz am Fenster, stellten unser Handgepäck ab und setzten uns. Inzwischen war es fast 8 Uhr morgens. Die Sonne ging gerade auf und wir beobachteten die Flugzeuge, die schillernd in Richtung Sonne flogen. Nun sitze ich hier, schließe die Augen und denke zurück, wie damals alles begann.

∗∗∗∗

Es war ein schöner Samstagvormittag im Juni des Jahres 1998. Die Sonne schien und die Vögel sangen in den Bäumen vor unserem Fenster. Gerade saßen wir gemütlich am Frühstückstisch und genossen Kaffee, Frühstückseier und frische knusprige Brötchen, als die Tageszeitung erschien. Als wir sie aufschlugen, fiel meiner Tochter Nadine sofort ein Artikel auf. Er trug den Titel „Gastfamilien gesucht". Neben diesem war ein Foto von einem südamerikanischem Jungen abgedruckt. Völlig fasziniert las meine Tochter diesen Beitrag. Ich räumte gerade den Tisch ab und trug das Geschirr in die Küche, als meine Tochter zu mir kam und fragte: „Wollen wir nicht einen Gaststudenten bei uns aufnehmen? Ich habe mir doch immer Geschwister gewünscht!" In Gedanken versunken antwortete ich: „OK, aber nur eine Studentin!" Damit war das Thema für mich eigentlich erledigt und ich war mit meinen Gedanken bereits wieder beim Haushalt. Für meine Tochter war der Zeitungsartikel jedoch keineswegs vergessen. Sie ging ins Wohnzimmer, nahm den Telefonhörer ab und wählte die Nummer, die in dem Artikel angegeben war. Am anderen Ende der Strippe meldete sich eine ehrenamtliche Mitarbeiterin der Jugendaustauschorganisation, welche die Anzeige in die Tageszeitung gesetzt hatte. Sie erzählte ihr, dass die Organisation für die sie arbeitete, eine interkulturelle Vereinigung zum Austausch von Schülern aus der ganzen Welt sei. Meine Tochter erklärte der Mitarbeiterin: „Wir haben den Artikel gelesen und hätten Interesse an einer Austauschstudentin." Die junge Frau am Telefon schlug ein persönliches Treffen am nächsten Tag bei uns Zuhause vor. Sie wollte uns genauer über die Austauschorganisation informieren und gleich die Unterlagen einiger interessierter Austauschschüler mitbringen. Wir waren einverstanden und warteten voller Neugier auf den folgenden Nachmittag. Wir waren alle sehr gespannt und machten uns schon Gedanken darüber, wie wohl alles werden würde.

uns egal. Wir wollten jemanden, der Deutsch oder Englisch sprach und Tiere Austauschstudentin kommen sollte, war mochte, weil wir selbst einen Hund hatten. Nichtraucherin sollte sie auch sein. Wir waren schon sehr aufgeregt. Am nächsten Tag klingelte es an der Wohnungstür. Davor stand eine junge Studentin. Sie stellte sich als Inga vor und war uns sofort sympathisch. Sie war groß, schlank und hatte kurze blonde Haare. Wir begrüßten sie und baten sie ins Wohnzimmer. Wir hatten bereits den Tisch gedeckt und brachten nun den frisch aufgebrühten Kaffee und den Kuchen ins Wohnzimmer. Inga erzählte uns von der Organisation und davon, dass sie im letzten Jahr selbst als Austauschstudentin für ein Jahr in Brasilien gewesen war. Dort hatte sie bei einer Gastfamilie gewohnt und war zur Schule gegangen. Im Laufe des Gesprächs erfuhren wir, dass Schüler aus den unterschiedlichsten Ländern für sechs oder sogar zwölf Monate nach Deutschland kommen und in Gastfamilien untergebracht werden. Sie wollen die deutsche Sprache lernen und uns auch ihre eigene Kultur näher bringen. Wir besprachen mit Inga, wie wir uns unsere Gaststudentin vorstellten. Sie zeigte uns die drei mitgebrachten Mappen. Diese enthielten viele Fotos und Informationen über die Familien und Hobbys der Schüler. Da gab es eine junge Chinesin, die gern Klavier spielte und diesem Hobby auch in Deutschland nachgehen wollte. Oder ein junges Mädchen aus Argentinien, die oft in die Disko ging und viel verreiste. Zuletzt sahen wir die Mappe einer jungen Bolivianerin. Die Wahl fiel uns sehr schwer.

Meine Tochter Nadine entschied sich für Karem aus Bolivien. Die Charaktereigenschaften und Interessen waren ausschlaggebend gewesen. Besonders freute uns, dass in der Mappe von Karem als Fremdsprachenkenntnisse Englisch und Deutsch angegeben waren. Also würden wir uns verständigen können. Nun sagte Inga: einen Brief an Karem, damit sie etwas über ihre Gastfamilie erfährt und legen noch ein Foto mit bei". – „Gut, das werden wir tun", antwortete ich. „Wie geht es nun weiter?" – „Wir leiten Sie als Gastfamilie für Karem an die Organisation in Deutschland und Bolivien weiter. Diese informiert daraufhin Karems Familie. Sie wird dann mit den anderen Studenten am 1. September mit einem ICE aus Frankfurt am Main in Magdeburg ankommen. Sie bekommen von der Organisation Bescheid, wann der Zug einfährt" – „OK", antwortete ich. Wir begleiteten Inga zur Tür und verabschiedeten uns voneinander. Kurz entschlossen ging ich zurück in die Wohnstube und schrieb einen Brief an Karem, in dem wir uns als ihre Gastfamilie vorstellen. Inzwischen suchte Nadine in Fotoalben nach einem passenden Bild, das wir dem Brief beilegen konnten. Noch am gleichen Abend brachte Nadine den Brief zum briefkasten. Kaum war sie zurück, traf sie sich mit ihren Freundinnen bei uns Zuhause und erzählte voller Stolz, dass sie bald eine Gastschwester aus Bolivien bekommen würde. Da Karems Mappe bei uns bleib, konnte sich jeder ihr Foto ansehen. Gemeinsam sahen wir im Atlas nach, wo Bolivien denn nun genau liegt. Wir fanden das Land in Südamerika zwischen Peru, Chile und Argentinien. Darunter standen einige Informationen über das Land und die Menschen. Wir fanden alles sehr interessant und faszinierend.

****

Die Zeit verging wie im Flug und die Neugier wuchs immer mehr. Nadine richtete für Karem ihr Zimmer her, damit sie sich bei uns wie daheim fühlen konnte. Die Abende verbrachte meine Tochter mit ihren Freundinnen bei uns im Keller. Sie malten ein Willkommensschild für Karem, damit sie uns gleich erkannte, wenn wir sie vom Zug in Magdeburg abholten. Nach einigen Tagen war es fertig. An den Ecken stand in bunten Buchstaben der Name der Austauschorganisation und in der Mitte in Großbuchstaben der Satz
„HERZLICH WILLKOMMEN, KAREM".
Einen Tag vor ihrer Ankunft erhielten wir einen Brief von der Organisation. Darin stand, dass Karem mit dem ICE um 14.30 Uhr in Magdeburg eintreffen würde. Sogleich informierten wir unsere Freunde. Alle wollten helfen und einen Beitrag leisten. Meine Freundin Marion aus Westdorf organisierte einen Strauß Blumen,

denn sie wollte mit nach Magdeburg fahren, um Karem abzuholen. Meine andere Freundin weil sie meinte, dass Karem nach der langen Reise sicherlich großen Hunger haben würde. Wir organisierten alles für den nächsten Tag und waren so aufgeregt, dass wir in der Nacht kaum schlafen konnten.

2. Kapitel

Der nächste Morgen begann mit Sonnenschein. Wir waren gerade mit dem Frühstück fertig, als meine Freundin aus Westdorf anrief. „Wann fahren wir nach Magdeburg?", wollte sie aufgeregt wissen. Ich antwortete ihr: „Wir fahren dreizehn Uhr von meiner Wohnung los." Also wuschen wir schnell ab, saugten Staub und erledigten die üblichen Hausarbeiten. Zum Mittagessen gab es nur Kartoffelpuffer, weil die Zeit langsam knapp wurde. Kurz vor dreizehn Uhr brachten wir das Willkommensschild ins Auto. Gerade als wir den Kofferraum geschlossen hatten, kam meine Freundin Marion mit ihrem Auto und einem schönen Strauß Blumen um die Ecke. Nadine wollte mit ihren Freundinnen und unserem Hund das Empfangskomitee zu Hause bilden. Ich war so nervös, dass ich mich dreimal umzog. Kurze

Zeit später saßen wir endlich im Auto- und los ging es.

Meine Wohnung liegt am Stadtrand und so fuhren wir erst einmal durch die ganze Stadt, um auf die Bundesstraße zu gelangen. Als wir diese erreichten, legte sich meine Nervosität merklich. Bald würde ich Karem begrüßen können. Ob wir uns wohl verstehen würden? Bekanntlich ist der erste Eindruck ja der entscheidende!

Die Fahrt verlief ohne Probleme und auch den Bahnhof hatten wir schnell gefunden. Ebenso einen freien Parkplatz. Wir stellten das Auto ab und nahmen Blumenstrauß und Willkommensschild aus dem Kofferraum. Als wir gemeinsam das Bahnhofsgebäude betraten, spürte ich wieder diese Schmetterlinge im Bauch tanzen. Ich konnte es kaum erwarten, Karem zu begrüßen. Der ICE sollte auf Bahnsteig 8 einfahren. Als wir dort ankamen, sahen wir eine Frau mit ihrer Tochter, die ein Schild in den Händen hielt, das unserem sehr ähnlich war. Auf ihrem Schild stand dieselbe Austauschorganisation und der Name Belinda. Wir schmunzelten, gingen aufeinander zu und machten uns bekannt. Sie kamen aus Mecklenburg-Vorpommern und warteten ebenfalls auf eine Gastschülerin. Ich fragte sie: „Woher stammt eure Austauschstudentin?" – „Sie heißt Belinda und kommt aus Island", antwortete die Frau genau in jenem Moment, als durchgesagt wurde, dass der ICE aus

10

Frankfurt am Main dreißig Minuten Verspätung hatte. Wir nutzten die Zeit und unterhielten uns noch etwas über die Austauschorganisation und unsere zukünftigen Gaststudentinnen. Wir waren so lange in unser Gespräch vertieft, bis endlich die Durchsage über die Ankunft des Zuges kam. Wir postierten uns gut sichtbar und hielten das Willkommensschild hoch. Der Zug fuhr ein und kam kurz darauf zum Stehen. Die Türen gingen auf und viele Fahrgäste strömten auf den Bahnsteig. Wir ließen unsere Augen über die Passagiere gleiten, in der Hoffnung, unsere beiden Austauschstudentinnen ausfindig zu machen. Die Spannung stieg. Würden sie tatsächlich kommen? Als der Bahnsteig fast leer war, standen nur noch zwei junge Frauen mit sehr viel Gepäck auf dem Bahnsteig. Das mussten sie sein! Wir gingen zu ihnen hin und stellten uns vor. „Herzlich Willkommen, Karem. Das ist meine Freundin Marion aus Westdorf und ich bin deine Gastmutti", begrüßte ich sie und überreichte ihr den Blumenstrauß. Sie freute sich sehr und stellte sich ebenfalls vor. Sie drückte jeden zur Begrüßung und gab uns einen Kuss auf die Wange. Wir waren überrascht von ihrer Herzlichkeit. Sie war eine sympathische und offene junge Frau. Sie hatte lange schwarze Haare und rehbraune Augen. Ich wusste einfach, dass es eine tolle Zeit werden würde. Gleich auf dem Bahnsteig machten wir die ersten Fotos von Belinda, ihrer Gastfamilie und von Karem. Kurz darauf verabschiedeten wir uns von der anderen Familie und wünschten alles Gute.

Karem sah müde aus und hatte außerdem sehr viel Gepäck dabei. Es waren ein riesiger schwerer Rollkoffer, eine Reise- und Umhängetasche. Da Karem sehr schlank war, fragten wir uns, wie sie das viele Gepäck den ganzen Weg hierher wohl transportiert hatte. Ich nahm den Koffer und meine Freundin die Reisetasche. So gingen wir wieder die Treppe vom Bahnsteig hinunter zum Gang und dann zum Parkplatz. Wir waren froh, als wir mit dem ganzen Gepäck endlich am Auto ankamen. Wir öffneten den Kofferraum und brauchten doch einige Zeit, bis wir endlich alle Taschen verstaut hatten. Nun ging es wieder Richtung Heimat. Auf der Fahrt kamen wir an einigen interessanten Gebäuden vorbei. Wir zeigten Karem die Otto von Guericke Universität, waren aber nicht sicher, ob sie uns auch verstand. Wir waren so in unsere Erläuterungen vertieft, dass wir im Kreisverkehr die falsche Ausfahrt nahmen und uns kurz darauf auf einem Feldweg wieder fanden. Das konnte nicht der richtige Weg sein! So wendeten wir und fuhren zurück. Nach etwa zehn Minuten Fahrt sagte ich: „Du, wir machen einen kurzen Abstecher zu Carola nach Cochstedt. Sie freut sich schon auf uns und hat etwas zu essen vorbereitet." – „OK, ich habe auch Appetit", bemerkte Marion. Karem sah derweil aus dem Fenster und bestaunte die Gegend. Wenig später waren wir auch schon in

Cochstedt angekommen. Meine Freundin Carola wartete bereits vor der Tür auf uns. Wir begrüßten sie und stellten ihr Karem vor. Gemeinsam betraten wir das Haus. Wir staunten nicht schlecht. Carola hatte das Essen fertig und bereits den Tisch für uns gedeckt. Es gab verschiedene Salate, Würstchen, Limonade und Cola. Wir setzten uns und aßen. Danach sprachen wir mit Karem über die Reise und ihren ersten Eindruck von Deutschland.

Sie war von der Anzahl der Orte hier überrascht und von der Pünktlichkeit der Bahn. Sie hatte die Zugfahrt genutzt, um sich die schöne Landschaft anzusehen. Besonders das Flachland begeisterte sie. Kein Wunder, denn sie kam ja aus den Anden, einer Landschaft geprägt von vielen Bergen. So gegen 18 Uhr verabschiedeten wir uns von Carola und fuhren nach Hause. „Nadine sitzt sicher schon auf glühenden Kohlen und möchte endlich ihre neue Schwester begrüßen", meinte ich. Kaum bogen wir in unsere Straße ein, kam Nadine uns mit unserem Hund Bonnie und ihren Freundinnen entgegen gelaufen. Sie hatten sich schon lange auf Karem gefreut. So war sie auch sofort von allen umringt, als sie aus dem Auto stieg. Sie machten sich miteinander bekannt und bestürmten Karem mit Fragen; „Hallo, wie geht es Dir? Bist Du müde? Wie war die Reise? Wollen wir etwas unternehmen?"

Zuerst verabschiedeten wir uns von meiner Freundin Marion, die in ihr Auto stieg und weg fuhr. Danach nahm jeder ein Gepäckstück und wuchtete es die Treppen hinauf in unsere Wohnung. Wir zeigten Karem ihr Zimmer, das Nadine und ihre Freundinnen schön geschmückt hatten. Aber sie erklärte uns nur, dass sie sehr müde war, schnell duschen und dann schlafen gehen wollte, weil sie do lange unterwegs gewesen war. So sagten sich die Freundinnen für den kommenden Tag an. Nachdem Karem ihr Gepäck ins Zimmer gestellt hatte, gaben wir ihr Handtücher und zeigten ihr das Bad. Sie duschte, ging in ihr Zimmer und schlief sofort ein. Und wir ließen sie schlafen, zwei ganze Tage lang.

3.   Kapitel

Am nächsten Morgen standen wir auf und gingen leise und vorsichtig in Karems Zimmer. Die Tür war einen Spalt geöffnet. Sie war bereits wach und unser Hund Bonnie lag vor ihrem Bett. Sie hatten sich bereits angefreundet. Ich fragt Karem: „Was möchtest Du zum Frühstück?" Sie verstand es nicht so richtig. So wiederholte ich meine Frage auf Englisch. Sie antwortete nur, dass sie das äße, was auf dem Tisch stand. Wie frühstückten ausgiebig, etwa eine Stunde lang. Danach wurde von uns allen erst einmal das Bad in Beschlag genommen. Nadine ging mit Bonnie etwas spazieren und ich räumte den Tisch ab, während Karem ihre Sachen auspackte und sie im Schrank verteilte. Als das erledigt war, besuchte Karem mit Nadine die Freundinnen, die in unserer Nachbarschaft wohnten. Sie zeigten ihr die nähere Umgebung und unterhielten sich mit ihr auf Deutsch und Englisch. Manchmal waren auch Hände und Füße nötig, um sich verständlich zu machen. Das führte oft zu lustigen Missverständnissen. So fragte ich Karem einmal, ob sie zum Mittagessen Fisch essen wollen. Ich hatte tiefgefrorenen Fisch gekauft. Total verwundert sah Karem auf die Packung und fragte „Fisch? Wo sind denn die Flossen?" Hinzu kam, dass einige Worte im Deutschen eine Doppelbedeutung haben.

Während ich das Mittagessen zubereitete, deckten Karem und Nadine den Tisch. Während wir aßen, fragte mich Karem, wie sie mich ansprechen solle. Ich sagte ihr: „Du bist ein Teil unserer Familie. Sag einfach wie Nadine Mutti oder Mum zu mir, ganz wie du magst." „OK", antwortete Karem. Nach dem Essen unternahmen wir dann einen kleinen Spaziergang. Dabei lernte Karem die Stadt und die wichtigsten Gebäude kennen, so zum Beispiel die Stadtverwaltung, die Bank, die Post und das Gymnasium, in das sie bald gehen würde. Wir ließen uns Zeit und sahen uns alles an. Die Zeit verging wie im Flug und so aßen wir einfach bei McDonalds zu Abend. Gestärkt traten wir den langen Rückweg an. Den Rest des Abends saßen wir gemütlich zusammen und Karem erzählte uns ausführlich von ihrer langen Reise. Wir hörten gespannt zu. Sie berichtete, dass sie gerade in Tarija bei Verwandten war, als die Austauschorganisation Karems Familie davon informierte, dass sie in drei Tagen nach Deutschland fliegen würde. Sie war überrascht und freute sich sehr. Sie fuhr sofort zu ihrer Familie nach Sucre, um dort alles für die Abreise vorzubereiten. Alles musste sehr schnell gehen. Die Familie und Freunde begleiteten Karem mit dem Bus bis nach La Paz. Allein diese Fahrt dauerte über zehn Stunden. In La Paz verabschiedeten sich dann alle voneinander. Weiter ging es mit dem Flugzeug nach Miami, wo sie von Mitarbeitern der Organisation abgeholt wurde. In Miami versammelten sich alle Austauschstudenten aus Amerika und übernachteten in einer Jugendherberge. Dort lernten sie sich untereinander etwas kennen und wurden in Seminaren darauf vorbereitet, wie sie sich in Deutschland zu verhalten und was sie zu beachten hatten. Am nächsten Tag bestiegen sie gemeinsam ein Flugzeug der Lufthansa, dass sie dann nach Deutschland brachte. Als sie nach Stunden in Frankfurt am Main endlich gelandet waren, wurden sie von Mitarbeitern der Austauschorganisation in

Empfang genommen und in eine Jugendherberge in der Nähe des Flughafens gebracht. Dort trafen sie auf weitere Studenten, die aus Europa, Asien und Afrika angereist waren. Nun waren alle vollzählig und noch am gleichen Abend fand ein weiteres Seminar statt. Am nächsten Tag erhielten alle ihre Zugtickets und Informationen darüber, wo sie aussteigen müssten. Sie wurden zu den entsprechenden Zügen gebracht. So wusste Karem, wie lange sie mit dem Zug unterwegs sein würde. Sie war froh, dass alles so gut funktioniert hatte und wir sie auf dem Bahnsteig in Magdeburg in Empfang genommen hatten. Als sie ihre Reise schilderte, staunten wir sehr. Sie gab zu, nicht so gut Deutsch zu können, aber es gerne lernen wolle, um sich besser verständigen zu können. Also sprachen wir Deutsch mit ihr. In jeder freien Minute lernte sie Vokabeln, auch weil sie Endes des Monats im Gymnasium am Unterricht teilnehmen sollte.

Der nächste Morgen begann sonnig. Während des Frühstücks fragte Karem, ob sie auch Milch und Kakao bekommen könnte. Ich war überrascht. Südamerika hatte ich immer mit Kaffee verbunden und so gedacht, ich würde ihr eine Freude machen. Doch sie wünschte sich jeden Morgen Milch und Kakao. Beim Frühstück erzählte ich ihr, dass das traditionelle Stadtfest an diesem Tag begann und es viele kulturelle und historische Attraktionen geben würde.

Karem und Nadine waren begeistert. „Wollen wir zum Stadtfest gehen und unterwegs etwas essen", fragte ich und die beiden nickten zustimmend. Sie konnten es kaum erwarten.

Gleich nach dem Frühstück zogen wir uns um. Karem nahm ihren Fotoapparat mit, der in Zukunft ihr ständiger Begleiter sein sollte. Sie war gespannt, wie die Deutschen Feste feiern. Voller Vorfreude machten wir uns auf den langen Weg in die Stadt. Wir kamen an verschiedenen Gärten vorbei, wo noch alles grünte und blühte. Etwas weiter oben befand sich der Tierpark der Stadt, den wir Karem später zeigen wollten. Kurz darauf entdeckten wir die ersten Schausteller, Basare und Ausstellungen. Wir kamen nur sehr langsam voran, weil Karem sich alles genau ansehen wollte. Wir begannen mit unserem Rundgang am Altstadtcenter. Es gab einfach alles: Zuckerwatte und kandierte Äpfel, antike Bücher, CD`s, handgefertigte Figuren aus Holz und Zinn. Jede Menge Karussells und Schaukeln, die ununterbrochen in Bewegung waren. Nachdem wir dort vieles besichtigt hatten, bummelten wir weiter Richtung Markt. Der Weg führte uns durch eine Altstadtgasse, die gesäumt war von Händlern, die Fleisch vom Grill, Spielsachen für Kinder, Schmuck und noch vieles mehr anboten. Die Straßen waren voller Menschen. Gerade besahen wir uns die Stände, als wir Musik aus Richtung Markt hörten. Wir ließen uns einfach vom Strom mitreißen. Auf dem Markt fand gerade eine Parade statt. Vorn stand der Bürgermeister mit seinem Gefolge, welches sich im mittelalterlichen Gewand zeigen. Danach folgten berittene Husaren. Am Ende der Parade standen die Bürger und Bauern. Als Musik erklang, setzte sich die Parade in Bewegung. Karem war von diesem Anblick völlig fasziniert. Sie schoss ein Foto nach dem anderen und konnte gar nicht genug bekommen. Nadine und ich waren glücklich, dass sie so viel Freude an dem Fest hatte und wir genossen den Tag mit ihr sehr.

Der Marktplatz war historisch aufgebaut. Es gab Ritterspiele und alte Musik. Das Beschlagen von Pferden war zu bewundern als auch das Spinnen an einem alten Spinnrad. Außerdem wurden mittelalterliche Theaterstücke aufgeführt. Karem war völlig begeistern, denn so etwas kannte sie ja nur aus Schulbüchern. Nachdem wir dem historischen Treiben auf dem Marktplatz eine Weile zugesehen hatten, besichtigten wir den Bauernmarkt. Viele Bauern boten ihre Produkte an. So gab es Zwiebelzöpfe, viel Obst und Gemüse zu kaufen. Wir nutzten die Gelegenheit und nahmen uns etwas Obst für unterwegs mit. Als wir etwa zwanzig Meter gegangen waren, war ein Podest aufgebaut, auf dem ein Modecenter eine Herbstmodenschau für Jung und Alt aufführte. Nachdem diese zu Ende war, gingen wir weiter in Richtung Promenade.

Dort fand gerade ein Seifenkistenrennen für die Kleinen statt. Es war sehr viel Trubel, da viele Kinder gerne an dem Rennen teilnehmen wollten. Die Seifenkisten waren aus Holz und mit Startnummern versehen. Strohballen säumten die Straßenränder, um für Sicherheit zu sorgen.

Nicht weit entfernt, auf einem großen Parkplatz, wurden asiatische Kampfsportarten aufgeführt. Gleich nebenan zeigten Stuntmen aus Berlin halsbrecherische Einlagen mit Motorrädern und Autos. Wir sahen uns die Shows etwa zwei Stunden lang an. Danach zeigten an gleicher Stelle Boxsportler, Judokas und andere Sportler ihr Können.
Wir gingen in einen nahegelegenen Park, wo einige Hochseilartisten die Besucher in ihren Bann zogen. Sie zeigten aufregende Seilakrobatik, so dass wir oft den Atem anhielten. Im gleichen Park starteten einige Heißluftballons zu einem Rundflug. So hatte man die Gelegenheit, sich die Stadt einmal von oben zu betrachten.

Gegen Abend kamen wir auf unserem Rundgang an der Post vorbei. Karem schrieb schnell eine Karte an ihre Familie in der Heimat. Es gab viel zu berichten. Unterwegs konnten wir dem vielfältigen Angebot an Essen und Getränken nicht mehr widerstehen. Schließlich waren wir seit dem Frühstück unterwegs. So aß jeder eine

Bratwurst und trank etwas Cola. Plötzlich hörten wir wieder Musik. Wir kamen an eine Bühne, an der ein Radiosender nationale und internationale Künstler vorstellte. Es war eine ausgelassene Stimmung und so blieben wir noch eine Weile inmitten vieler Zuschauer stehen, lauschten der Musik und klatschten Beifall. Es war berauschend. Es wurde bereits dunkel, als wir erfuhren, dass in der Kirche ein Openair Konzert mit Gospelsängern aus Amerika stattfand. Das wollten wir uns nicht entgehen lassen. Das Konzert war wirklich sehr schön und die Stimmen fantastisch. Dann gingen wir langsam nach Hause. Wir waren sehr müde, dennoch hatten wir viele schöne Eindrücke gewonnen. Es dauerte nicht lange, bis wir alle einschliefen.

4. Kapitel

Es war wieder Wochenende und in der Lutherstadt Eisleben wurde die Eislebener Wiese gefeiert. Gleich nach dem Frühstück beschlossen wir, dorthin zu fahren. Obwohl das Wetter für die Jahreszeit außergewöhnlich gut war, zogen wir uns doch vorsichtshalber Hosen und Pullover an. Alle freuten sich schon sehr auf den Ausflug. Karem hatte noch nie von der Eislebener Wiese gehört, dem drittgrößten Volksfest, welches jedes Jahr viele tausend

Besucher anlockte. Voller Erwartung und Vorfreude gingen wir mit dem Hund und Fotokamera die Treppen hinunter und stiegen in unser Auto.

Eigentlich fährt man etwa dreißig Minuten bis nach Eisleben, aber etwa fünf Kilometer vor unserem Zielort standen wir plötzlich im Stau. Mit zwei Stunden Verspätung waren wir endlich am Ziel. Wir stellten unser Auto in der Friedensstraße ab, wo ich vor vielen Jahren einmal gewohnt hatte. Wir stiegen aus dem Auto, nahmen unseren Hund Bonnie an die Leine und Karem hängte sich ihre Kamera um den Hals. Ich sagte zu beiden: „Sehr ihr, dort in der obersten Etage habe ich früher einmal gewohnt", und zeigte auf die beiden Fenster auf der oberen rechten Seite des Hauseinganges. Mich überkam schon ein komisches Gefühl, als ich zu den Fenstern hinauf blickte. Dort hatte ich bis 1979 bei meinen Großeltern gewohnt. In Erinnerungen versunken gingen wir gemeinsam durch die Stadt und ich erzählte den Mädchen, wie es früher hier ausgesehen hatte. Ich beschrieb ihnen, wie ich oft als Kind die Katharinenstraße mit dem Fahrrad hinunter gesaust war, um zur Schule zu fahren. Das konnten sie sich überhaupt nicht vorstellen, ich auf einem Fahrrad.

Als wir fast am Ende der Straße angekommen waren, befand sich dort ein kleines alt eingesessenes Geschäft und auf der gegenüber liegenden Straße ein imposantes Gebäude. Oberhalb des Hauses war noch schwach ein rotes Kreuz zu erkennen. Wir blieben davor stehen und ich erzählte, dass dies im Zweiten Weltkrieg einmal ein Krankenhaus gewesen war. Nach dem Krieg wurde es dann als Schule genutzt. Es war eine Polytechnische Oberschule mit R-Klassen. Das hieß, dass die Schüler die Möglichkeit hatten, ab der dritten Klasse die russische Sprache zu erlernen. Wie ich so vor meiner ehemaligen schule stand, zogen in Gedanken viele schöne Erinnerungen an mir vorbei und ich ertappte mich dabei, dass ich leicht schmunzelte.

Es waren an diesem Tag viele Leute unterwegs, die ebenfalls zur Eislebener Wiese wollten. Ja, es warenregelrechte Straßenzüge, die sich in Gang setzten. Unterwegs kamen wir an vielen Geschäften vorbei und sahen uns die Schaufenster an. Vieles hatte sich seit der Zeit verändert, als ich damals von Eisleben weggezogen war. Also war ich neugierig, wie sich inzwischen alles entwickelt hatte. So gingen wir etwa dreißig Minuten bergab, um ins Stadtzentrum zu gelangen. Mitten auf dem Marktplatz stand das Lutherdenkmal. Luther wurde in Eisleben Geboren und starb auch dort. Rings um den Marktplatz waren viele Geschäfte angesiedelt. Dem Denkmal gegenüber befand sich das imposante Rathaus und dahinter die

Marktkirche. Nachdem wir uns alles angesehen hatten, kauften wir noch einige Ansichtskarten.

Kurz darauf fanden wir uns erneut in einer riesigen Menschenmenge wieder. Wir hatten den Wiesenmarkt erreicht. Links und rechts der Straße waren zahlreiche Stände aufgebaut, die verschiedene Früchte, Lebkuchen aller Art, Kleidungsstücke, Töpferarbeiten und vieles mehr anpriesen. Auch internationale Stände boten ihre Waren an. Wir blieben fast an jedem Stand stehen und bestaunten alles.
Wir versuchten des öfteren, die Straßenseite zu wechseln. Das war allerdings nicht so einfach, da sehr viele Menschen unterwegs waren. So wurden wir vom Menschenstrom einfach mitgerissen. Von überall her ertönte Musik. Plötzlich blieb Karem unerwartet stehen und lauschte. Was war los? Nadine und ich sahen uns fragend an. Karem hatte in dem Gewirr aus Musik und Gelächter leise bolivianische Klänge heraus gehört, die wir gar nicht bemerkt hatten. Als wir begriffen hatten was los war, war Karem schon in die Richtung verschwunden, aus der die Musik kam. Einige Minuten später hatten wir sie eingeholt, was in dem Gedränge gar nicht so einfach war. Sie unterhielt sich gerade mit einem bolivianischen Händler, der bereits seit Jahren in Deutschland lebte. Sie sprachen über ihre Heimat und dem Leben in Deutschland. Karem war glücklich und aufgeregt. Sie hatte nicht damit gerechnet, jemanden aus ihrer

Heimat zu treffen. Lachend gingen wir weiter. Plötzlich entdeckte Nadine eine Geisterbahn. Sie flüsterte mir zu: „Du, wollen wir Karem in der Geisterbahn erschrecken? Ich bin schon ganz gespannt, wie sie reagieren wird." Beide gingen hinein. Ich wartete mit Luftballons bepackt in der Nähe des Ausgangs und überlegte, ob Karem sich wohl fürchten würde. Doch weit gefehlt. Ich hörte die Mädchen sofort, als sie wieder heraus kamen. Lachend kamen sie auf mich zu. „Die Geisterbahn war überhaupt nicht gruselig" meinten sie.

Wir schlängelten uns durch die Menschenmenge, vorbei an Riesenrädern, am Autoscooter, an Losbuden und anderen Geisterbahnen. Eine weitere Attraktion war eine riesige Wasserrutsche, die sich Nadine und Karem natürlich nicht entgehen lassen konnten. Ich blieb mal wieder schwer bepackt mit Luftballons, Kamera und Hund vor der Rutsche stehen. Ich beobachtete, wie sie in ihren Booten hoch gezogen wurden. Dann ging es rasant bergab. Überall spritzte Wasser. Nicht nur Nadine und Karem wurden nass, sondern auch die vielen Zuschauer, die sich dieses Spektakel ansahen.
Nach diesem feuchten Erlebnis hatten sie noch immer nicht genug. Als nächstes sah Karem eine Art Raketenrampe, ein etwa dreißig Meter hohes Stahlgerüst mit vielen Sitzen. Das wollte sie unbedingt ausprobieren. Nadine musste mit.

Mir wurde schon vom zusehen schlecht, aber die beiden waren begeistert. Sie wurden mit Druck in die Luft geschleudert und anschließend ging es ganz langsam wieder abwärts. Sie waren froh, wieder festen Boden unter den Füßen zu haben. Nadine hatte eiskalte Finger. Mit zitternden Knien gaben sie zu: „Einmal und nie wieder!".

Langsam wurde es Abend und noch viele junge Menschen strömten in Richtung Wiesenmarkt. Unterwegs kauften wir an einem Stand noch etwas Obst ein und gingen dann zurück zum Auto. Die vielen Ballons passten gar nicht in den Kofferraum, so dass wir einen mit vor ins Auto nehmen mussten. Dieser flog mir während der Fahrt immer wieder um die Ohren. Ich warf noch einen letzten Blick auf die oberen Fenster der Hausnummer 1 und ließ das Auto an. Während der Fahrt unterhielten wir uns über das, was wir erlebt hatten. Karem war noch immer ganz aufgeregt, dass sie jemanden aus ihrer Heimat getroffen hatte. Sie summte vor sich hin. Ich erzählte noch so manche Geschichte aus meiner Jugend und bald darauf waren wir auch schon zu Hause. Wir stiegen aus. Nadine nahm Bonnie an die Leine und ging mit ihm noch Gassi. Karem und ich öffneten den Kofferraum und nahmen unsere Taschen, Kamera. Lebensmittel sowie die Artikel vom Wiesenmarkt heraus. Danach brachten wir die Lebensmittel in die Küche. Wenig später kam auch Nadine nach Hause. Die beiden Mädchen ließen ihre Gasballons an die Decke schweben und Bonnie fing vor Freude an zu bellen. Ich bereitete inzwischen in der Küche noch eine Kleinigkeit zu essen vor. Wir trugen alles in die Wohnstube, aßen und tranken noch etwas und unterhielten uns über den aufregenden Tag, der voller neuer Eindrücke war. Es dauerte nicht lange, dann waren alle müde und gingen zu Bett.

5. Kapitel

Schnell war der September vorüber. Es wurde langsam kälter und die Blätter fielen von den Bäumen. Es war jetzt oft neblig und es regnete viel. An einem solchen Samstagmorgen saßen wir gemütlich beim Frühstück und überlegten, was wir trotz des Wetters unternehmen konnten. Nadine hatte die Tageszeitung mitgebracht, als sie vom Spaziergang mit Bonnie zurück kam. Der Veranstaltungskalender im Lokalteil empfahl die Burgfestspiele in Meisdorf. Wir erzählten Karem, dass dort alles mittelalterlich hergerichtet wird. Sie war sofort begeistert., da sie das Mittelalter ja nur aus Büchern kannte. So beschlossen wir, es ihr einmal live zu zeigen.

Wir zogen uns warme Sachen an, denn es war schon recht kalt und in den letzten Tagen hatte es viel geregnet. Wie die Wochenenden zuvor, packten wir unseren Hund und den Fotoapparat ins Auto. Die Fahrt verlief angenehm. Die Landschaft war herrlich. Der Wald wurde immer dichter und es ging in Serpentinen bergauf. Es war eine sehr schöne Gegend, aber ich musste sehr viel schalten, um die Kurven richtig zu nehmen. Bald hatten wir Meisdorf erreicht und fanden einen freien Parkplatz. Gleich in der Nähe stand ein viel besuchtes Restaurant und gleich nebenan war für die kleinen Besucher ein Streichelzoo mit Ziegen und Kaninchen eingerichtet worden. Dahinter befand sich ein großes eingezäuntes Reitgelände. Dort konnten Besucher reiten oder wer es bequemer wollte, stieg einfach in eine Pferdekutsche. Es wurden auch Kutschfahrten zur Burg Falkenstein angeboten. Da wir aber unseren Hund Bonnie bei uns hatten, entschieden wir uns, zur Burg zu wandern. Leider war an diesem Tag der Boden durch den Regen sehr aufgeweicht. Nachdem wir etwa eine halbe Stunde gegangen waren, erreichten wir die Burg. Am Eingang traten Wettkämpfer in mittelalterlicher Kleidung zu einem Bogenschießwettstreit an. Wir mischten uns unter die anderen Besucher und sahen fasziniert beim Bogenschießen zu. Anschließend durchquerten wir den Torbogen. Hie wurden die Gäste von Minnesängern empfangen. Sie spielten und sangen Lieder aus dem Mittelalter.

Hinter dem Torbogen führte eine schmale Gasse in den Vorhof der Burg. Dort begann der Trubel erst richtig. Überall waren riesige Zelte aufgestellt und viele Schausteller zeigten ihr Können. So konnten wir sehen, wie früher Münzen geprägt, Pferde beschlagen und das Essen über dem offenen Feuer zubereitet wurde. Vom vielen Staunen bekamen wir Hunger. Also stellten wir uns um das Feuer und aßen Steaks und Würstchen. Dazu gab es gebackenes Fladenbrot. Es schmeckte fantastisch.

Nach dem Essen besichtigten wir die oberen Etagen der Burg. Dort zeigten Ritter in Rüstung eingeübte Schwertkämpfe. Überall machten wir zur Erinnerung Fotos. Auf der Burg wurden noch weitere Handwerke wie Weberei, Stickerei und Prägungen gezeigt. Dieses mittelalterliche Treiben gefiel uns so gut, dass wir bis in die späten Nachmittagsstunden bleiben. An verschiedenen Ständen kauften wir noch kleine Andenken. Danach gingen wir wieder in Richtung Burgausgang, wo die Minnesänger noch immer neue Gäste begrüßten. Inzwischen war das Bogenschießen beendet und die Menschenmassen hatten sich aufgelöst. Wir gingen mit unserem kleinen Hund den Waldweg zurück bis zum Parkplatz. Unterwegs begegneten uns noch viele junge Menschen, die auch das Mittelalter hautnah erleben wollten.

Während ich in der Küche das Abendessen zubereitete, waren Karem und Nadine im Jugendzimmer und packten die Mitbringsel aus. Die selbst angefertigten Zinnfiguren bekamen in Karems Zimmer einen besonderen Platz. Während des Essens unterhielten wir uns noch einmal über Meisdorf, die Burg und das Mittelalter. Karem erzählte uns, dass sie in der Schule in Bolivien das Mittelalter durchgenommen hatten. Da staunten wir nicht schlecht. Sie berichtete uns auch, dass Schüler in Bolivien teilweise weite Strecken zur Schule laufen müssten und viel mehr Unterrichtsstunden hätten, als wir hier in Deutschland. So saßen Karem und Nadine noch den ganzen Abend zusammen und unterhielten sich über Deutschland, die Schule, Karems Heimat und Familie. So ging wieder ein Tag mit vielen neuen Eindrücken zu Ende.

6. Kapitel

Die Zeit verging. Karem erzählte uns, dass in ihrer Heimat die Schule in November endete. Dabei hatte sie Tränen in den Augen. Sich dachte an ihre Familie, Freunde und Verwandte und bekam Heimweh. Wir konnten es ihr nachfühlen und nahmen sie liebevoll in den Arm.

Einige Tage später hatten wir eine Überraschung für Karem. Das Austauschkomitee organisierte für die Studenten eine Wochenendfahrt nach Dresden. Es war geplant, dass alle in einer Jugendherberge übernachten sollten. Ich schrieb Freunden aus Dresden, was die Organisation geplant hatte. Prompt erhielten wir eine Einladung, bei ihnen zu übernachten. Die Organisation teilte uns mit, dass sich die Studenten und Gastfamilien aus den Komitees der Region zu einer bestimmten Zeit in Leipzig auf dem Hauptbahnhof treffen sollten. Von dort aus würden alle gemeinsam weiter nach Dresden fahren. Meine Freundin Marion bot sich an, unseren Hund über das Wochenende zu versorgen.

Karem war sehr aufgeregt und freute sich, die Austauschstudenten aus Südamerika und den anderen Ländern wiederzusehen. Ich war das letzte Mal während meiner Schulzeit in Dresden gewesen und daher auch sehr neugierig auf die Stadt. Karem wusste nur aus Büchern, dass Dresden eine große Stadt mit Geschichte war.
Wir freuten uns riesig auf den Ausflug und waren glücklich, als wir mit unseren Reisetaschen endlich im Zug saßen. Karem und Nadine setzten sich ans Fenster. Kurz darauf ertönte ein Pfiff und es ging in Richtung Halle/Saale. Wir lehnten uns zurück in die Polster und sahen uns die Gegend an. Nach etwa einer Stunde Zufahrt kamen wir in Halle

an. Da wir nicht viel Zeit hatten, stiegen wir schnell aus dem Zug und gingen zum Bahnsteig 9, von wo ab der Zug nach Leipzig fahren würde. Wir schafften es gerade so und stiegen schnell in den Doppelstockzug ein. Die Fahrt sollte nur dreißig Minuten dauern. Immerhin warteten in Leipzig die Betreuer, Studenten und die anderen Gastfamilien auf uns. Wir kamen pünktlich an und wurden auch schon von den Betreuern der Organisation auf dem Bahnsteig begrüßt. Viele von ihnen kannte ich nicht, weil sie von anderen Komitees waren. Wir machten uns bekannt und gingen dann gemeinsam zum Bahnsteig, wo bereits der zug nach Dresden auf uns wartete. Als wir in den Zug einstiegen, trafen wir auf die anderen Betreuer, Studenten und Gastfamilien. Karem nahm Nadine an die Hand und ging mit ihr zu den anderen Studenten aus Südamerika. Sie standen im Gang und unterhielten sich. Ich blieb bei den Eltern und Betreuern. Wir sprachen über die Schüler und darüber, was alles in Dresden geplant war. So erfuhr ich, dass fast alle in einer Jugendherberge in der Nähe des Bahnhofes übernachten würden. Die übrigen würden bei Bekannten und Freunden schlafen. Endlich begann der Zug in Richtung Dresden zu rollen.

Die Zeit verging wie im Flug. Es dauerte nicht lange, da fuhren wir auch schon in den Hauptbahnhof Dresden ein. Als der Zug zum stehen kam, patrouillierten viele Polizisten mit Hunden auf den Bahnsteigen. Sie forderten die Fahrgäste auf, im Zug zu bleiben. Im ersten Moment verstanden wir überhaupt nicht, was passiert war. Also blieben wir vorerst alle im Zug. Natürlich beobachteten wir neugierig durch die Scheiben, was draußen los war. Nach etwa zehn Minuten erfuhren wir den Grund. Es gab Unruhen wegen eines Fußballspieles. Kurze Zeit später durften wir den Zug verlassen und gingen über den Bahnsteig die Treppen hinunter. Dort standen noch weitere Studenten, die auf uns gewartet hatten. Meine Bekannten waren auch dabei. Sie entdeckten uns sofort und wir umarmten uns. Danach stellten wir Karem vor. Wir sprachen mit den dortigen Betreuern und Studenten, wann und wo wir uns treffen würden. Wir vereinbarten 16 Uhr vor dem berühmten Dresdner Zwinger. So trennten wir uns.

Die Studenten gingen mit den übrigen erst einmal zur Jugendherberge, um dort ihre Sachen unterzubringen und etwas zu essen. Wir gingen mit unseren Bekannten durch die Bahnhofshalle. Vor dem Bahnhof war eine Straßenbahnhaltestelle. Die Straßenbahn, in die wir einstiegen, war jedoch sehr voll. Um zur Wohnung meiner Freundin zu gelangen, mussten wir fast an das andere Ende der Stadt fahren. Nach etwa fünfzehn Minuten stiegen wir aus und gingen noch etwas zu Fuß, bevor wir endlich an dem Hochhaus ankamen. Leider gab es keinen Fahrstuhl und unsere Bekannten wohnten natürlich in der obersten Etage. Also stiegen wir mit unserem Handgepäck die ganzen Stufen hinauf. Es war sehr anstrengend und wir waren fix und fertig, als wir endlich oben ankamen. Da wir Hunger hatten, kochte Korinna für uns Spagetti. Inzwischen machten wir uns etwas frisch und deckten anschließend den Tisch. Der Duft der Nudeln zog bis in die Wohnstube. Wir aßen nach Herzenslust. Anschließend räumten wir den Tisch ab und halfen beim Abwasch. Als das erledigt war, setzten wir uns in die Wohnstube und hatten viel zu erzählen. Ehe wir uns versahen war es 15 Uhr und wir zogen uns gemütlich die Schuhe und Jacken an. Dann verließen wir das Haus und beschlossen bis zum Dresdner Zwinger zu Fuß zu gehen. Es war ein weiter Weg, aber wir hatten noch Zeit und es gab sehr viel zu sehen. Es war ein schöner Spaziergang. Vorbei ging es an vielen Geschäften und an der Elbe. Wir blieben einige Zeit an einem Geländer am Kai stehen und beobachteten die vorbei fahrenden Schiffe. Am gegenüber liegenden Ufer sahen wir bereits den berühmten Dresdner Zwinger. Es war ein beeindruckendes Bild. Über eine Brücke erreichten wir das andere Ufer. Aber bevor wir hinüber gingen, machten wir noch einige Fotos. Als wir die Hälfte der Brücke überquert hatten, entdeckten wir die Studenten und Betreue der

Organisation. Wir gingen zu ihnen herüber und erfuhren, wie die weitere Planung aussah.

Zuerst besichtigen wir den Dresdner Zwinger. Drinnen war alles so gewaltig und voller Glanz und Gloria. Wie in einer anderen Welt. Um die ganzen Gemälde zu betrachten, brauchten wir einige Stunden. Aber der Besuch hatte sich auf jeden Fall gelohnt und ist so schnell nicht in Vergessenheit geraten. Als wir wieder die Stufen aus dem Dresdner Zwinger hinab stiegen, überlegten wir uns, was wir noch besichtigen könnten. Alle waren für einen Stadtbummel und dann wollten wir weiter sehen. Korinna zeigte uns den Weg zur Geschäftsstraße und entpupte sich als wirklich gute Führerin. So bummelten wir durch das Stadtzentrum und fanden in den Schaufenstern vieles zu bestaunen. Vor einigen Geschäften „durften" wir warten, weil die Studenten dort Andenken einkaufen wollten. Unterwegs kamen wir an der berühmten Dresdner Frauenkirche vorbei. Natürlich postierten wir uns davor, um endlos Fotos zu schießen. Inzwischen hatten wir Hunger und wollten etwas essen. Korinna empfahl uns ein asiatisches Restaurant und verband es gleich mit einer Sehenswürdigkeit und Spaß. Als wir das asiatische Restaurant betraten, waren wir sehr überrascht. Es war ein riesiger Saal mit roten und goldenen Farben, prächtig ausgestattet. Es war schon sehr beeindruckend. An den Wänden hingen Fotos von international berühmten Persönlichkeiten und Künstlern, die schon einmal Gäste in dem Restaurant waren. Ein Angestellter des Restaurants begleitete uns an die Tische. Es wurde so eingerichtet, dass wir alle zusammen sitzen konnten. Wir hängten unsere Garderobe an die Haken und nahmen auf den Stühlen Platz. Der Kellner kam auch gleich und brachte uns allen Tee. Dieser wärmte uns schön auf. Als wir die Speisekarte aufschlugen, waren wir von dem Angebot und den Preisen angenehm überrascht. Wir entschieden uns für Reisgerichte mit Geflügel und Gemüse. Es dauerte nicht lange, bis wir das dampfende Gericht genießen konnten.

Nach dem Essen brauchten wir unbedingt etwas Bewegung. Wir erfuhren, dass gleich nebenan eine Disco war. Wir hatten Glück und bekamen alle Platz. Es war zwar nicht in der Nähe der Tanzfläche, aber das war uns egal. Die meisten saßen in Gruppen nach Ländern zusammen. So saßen beispielsweise die Europäer für sich. Der Grund war einfach die Verständigung. Die Musik war eine Mischung aus Rock und Pop. Durch den Tanz vergaßen wir die Zeit. Kurz vor Mitternacht machten uns die Betreuer darauf aufmerksam, dass die Jugendherberge für gewöhnlich um Mitternacht ihre Türen schloss. Die Studenten und Betreuer, die in der Jugendherberge übernachteten, verabschiedeten sich und machten sich auf den Weg. Wir blieben noch etwa bis zwei Uhr. Danach waren wir geschafft und müde. Allerdings durften wir bis zu Korinnas Wohnung noch etwa eine Stunde zu Fuß gehen. Wir waren froh, als wir endlich vor ihrer Tür ankamen. Während wir uns wuschen, stellte Korinna für uns zwei Schlafsäcke und eine Luftmatratze bereit. Karem und Nadine sollten nebeneinander in Schlafsäcken und ich an der gegenüber liegenden Wand auf einer Luftmatratze schlafen. Karem und Nadine krochen gleich in ihre Schlafsäcke. Leider befand sich der Lichtschalter an der Tür. Als ich den Lichtschalter betätigt hatte, musste ich mich im Dunkeln an der Wand entlang in Richtung Luftmatratze tasten. Karem und Nadine beobachteten mich amüsiert und lachten, als ich mich an einer Wand stieß. Richtig schlafen konnte ich jedoch nicht, da die Matratze nicht sehr bequem war. Nach einigen Stunden Schlaf wurde ich durch das Klingeln des Telefons aufgeschreckt. Alle anderen hingegen schliefen weiter. Also versuchte ich zum Telefon zu gelangen. Es war allerdings nicht so einfach. In der Nacht war die Luft aus der Matratze gewichen und mir taten alle Knochen weh. Es dauerte seine Zeit, bis ich endlich das Telefon erreichte. Am anderen Ende der Strippe war ein Betreuer von der Organisation. Er teilte mir mit, dass sie bald mit dem Zug abfahren würden und uns eine gute Heimreise wünschten. Nach dem Anruf blieb ich gleich auf und ging ins Bad. Inzwischen waren auch Korinna und ihr Mann aufgestanden und bereiteten das Frühstück vor. Als der Tisch gedeckt war, weckten wir Karem und Nadine. Wir setzten uns an den Tisch und frühstückten ausgiebig. Anschließend halfen wir in der Küche beim Abwasch. Während Karem und Nadine im Bad verschwanden, packte ich einige unserer Sachen zusammen. Korinna bereitete in der Küche für unterwegs noch etwas zu essen vor. Als alles fertig war, zogen wir unsere Schuhe und Jacken an. Korinna und ihr Mann brachten uns zum Bahnhof und auf dem Bahnsteig verabschiedeten wir uns.

Nach einer anstrengenden Schulwoche freuten sich Karem und Nadine auf das Wochenende. Wieder überlegten wir, was wir unternehmen konnten. Karems Mitschüler hatten ihr von unserem Tierpark erzählt, den sie nun gern sehen wollte. Diese Idee setzten wir auch gleich in die Tat um. Bereits auf dem Weg dorthin wollte Karem wissen, was es dort für Tiere gab. Nadine meinte jedoch, sie solle sich überraschen lassen. Gleich am Eingang staunte Karem über die Flamingos und die Vögel. Wir folgten dem Rundgang und kamen an Bären, Tigern, Panthern und Schweinen vorbei. Plötzlich standen wir vor einem Gehege, in dem kein Tier zu sehen war. Dort sollten eigentlich Lamas hausen. Da jedoch weit und breit keines zu sehen war, gingen Nadine und ich weiter. Doch Karem blieb stehen. Lamas sind in

Bolivien beheimatet und so wollte Karem unbedingt welche sehen. Plötzlich hörten wir sie „Cumpleus" rufen und drehen uns verwundert um. Was war los? Kaum hatte sie das Wort ausgesprochen, liefen die Lamas auch schon auf sie zu. Karem freute sich riesig und wir schauten uns ungläubig an. Sie sagte uns, das Wort bedeutet etwa „Landsmann" oder „Freund". Viele Lamas kamen zu Karem und ließen sich wohlwollend streicheln.
Weiter ging es zum Affengehege und zum Reptilienhaus. Auf dem Weg erzählte uns Karem mehr über die Lamas in ihrer Heimat.

7. Kapitel

Die Weihnachtszeit rückte immer näher und wir fragten Karem, wie sie Nikolaus und Weihnachten in Bolivien gefeiert werden. Sie erzählte uns, dass es bei ihr zu Hause keinen Nikolaus gab. Einen Tag zuvor sagten wir Karem, dass sie ihre Schuhe putzen müsste. Wir versuchten ihr zu erklären, welche Bedeutung Nikolaus hatte, jedoch waren wir nicht sicher, ob sie es auch verstand. Alle putzten ihre Schuhe und stellten sie in den Flur. Nachdem Karem und Nadine ins Bett gegangen waren, füllte ich die Schuhe mit Süßigkeiten und jeweils einer CD. Anschließend versteckte ich die Schuhe. Danach machte ich mich für die Nacht fertig und ging dann auch ins Bett. Ich freute mich schon sehr auf den nächsten Morgen. Würde sich Karem über ihre gefüllten Schuhe freuen?

Der Wecker klingelte und ich schwang mich gerade aus dem Bett, als ich draußen Geräusche hörte. Im Jugendzimmer wurde gekramt. Vorsichtig öffnete ich die Tür und sah schmunzelnd, wie Karem und Nadine in ihren Schlafanzügen nach den Schuhen suchten. Da ich jedes Jahr gute Verstecke hatte, konnten Karem und Nadine sie nicht finden. Nach einer Weile sahen sie mich an und baten: „Sag`doch einmal, wo die Schuhe versteckt sind.“ Ich sagte nur: „OK, wenn ihr sie in einer halben Stunde nicht gefunden habt, werde iches euch verraten.“ So suchten sie weiter. Inzwischen war ich in der Küche und bereitete das Frühstück vor. Nach etwa zehn Minuten war ich fertig und rief Karem und Nadine zum essen. Sie kamen auch gleich um die Ecke in die Wohnstube gelaufen. Und setzten sich an den Tisch. Nadine saß links und Karem rechts neben mir. Es war ein schönes Gefühl, wie eine richtige kleine Familie. Nach dem gemeinsamen Frühstück räumten wir alle den Tisch ab und trugen das Geschirr in die Küche. Kaum war der Abwasch erledigt, fragten sie schon wieder, wo die Schuhe versteckt waren. Also verriet ich es ihnen. Kaum hatte ich es ihnen gesagt, stürmten sie los. Karem bekam bei dem Anblick große Augen. Die Süßigkeiten wurden erst einmal zur Seite gelegt und die CD`s ausgepackt. Die Freude war groß. Sie umarmten mich und bedankten sich bei mir. An diesem Tag gingen sie mit ihren Freunden weg und berichteten untereinander, was jeder so bekommen hatte. Karem und Nadine sah ich nur kurz zum Mittag- und Abendessen. So nutzte ich den Tag, ging mit meinem Hund spazieren und erledigte in Ruhe meine Hausarbeit.

Nach dem Abendessen gingen wir alle drei mit dem Hund spazieren. Und zum ersten Mal in jenem Jahr begann es zu schneien. Karem kannte keinen Schnee. So sah sie voller Bewunderung in den Himmel und war völlig fasziniert. Karem ging über den Schnee und freute sich über die Fußabdrücke, die dabei entstanden. Wir sahen wie gebannt zu, denn für uns war Schnee je selbstverständlich. Anschließend sahen wir uns noch ein Video an und spielten etwas Karten.

Als es spät wurde, bereiteten wir uns aufs schlafen gehen vor. Wir gingen nacheinander ins Bad. Nachdem wir alle geduscht hatten, gingen wir kurz zu Karem ins Zimmer, um Gute Nacht zu sagen. Als wir eintraten, sahen wir, dass Karem auf ihrem Bett kniete und verträumt aus dem Fenster sah. Wir gingen zu ihr und sagten: „Gute Nacht, träum etwas

Schönes." – „Danke, das wünsche ich euch auch", antwortete sie Nadine bemerkte noch: „Du, Schwesterchen, wenn morgen genug Schnee liegt, machen wir eine richtige Schneeballschlacht!"

An einem Abend unterhielten wir uns darüber, wie in Bolivien Weihnachten gefeiert wird. Karem erzählte uns, dass in ihrer Heimat bereits eine Woche vor Heiligabend der Weihnachtsbaum aufgestellt und geschmückt wird. Am heiligen Abend wir dann gegen 22 Uhr gemeinsam mit Verwandten zu Abend gegessen. Anschließend gehen alle auf ihre Zimmer und genau um Mitternacht treffen sich alle am Weihnachtsbaum. Dort wurden zuvor kleine Geschenke angebracht. In Bolivien gibt es nur Kleinigkeiten und auch keine Süßigkeitsteller, so wie es bei uns üblich ist.
Eine Woche vor Heiligabend waren wir auf der Suche nach einem schönen Weihnachtsbaum. Wir wussten, dass neben dem Supermarkt, wo wir immer einkaufen, Weihnachtsbäume zum Verkauf angeboten wurden. Also verbanden wir den Einkauf mit einer Weihnachtsbaumsuche. Am späten Nachmittag machten wir uns auf den Weg. Bonnie ließen wir zu Hause, weil wir nicht wussten, ob wir schon einen Weihnachtsbaum mitbringen würden. Am Supermarkt angekommen, beschlossen wir, zuerst nach einem Weihnachtsbaum zu sehen. Wir gingen quer über den Parkplatz, wo in einem

eingezäunten   Bereich   unterschiedliche Weihnachtsbäume zu bestaunen waren. Dort standen Tannen, Kiefern und Fichten in allen Größen. Wir fanden eine schöne Tanne von 1,80m Größe. Sie wurde in ein Netz gepackt und an den Rand gestellt. Nachdem wir sie bezahlt hatten, einigten wir uns mit dem Verkäufer, erst schnell einzukaufen und die Tanne anschließend abzuholen. Gleich nebenan standen die Einkaufwagen. Wir holten uns einen und gingen in den Supermarkt, vorbei an einer Apotheke, einem Blumenladen und einem Schmuckgeschäft.

Alles war weihnachtlich geschmückt. Da ich noch keine Weihnachtsgeschenke hatte, beobachtete ich, wofür sich Nadine und Karem interessierten. Nadine wollte zu den CD`s. Also gingen wirt dort hin und ich merkte, dass sie sich für ein bestimmtes Musikalbum begeisterte. Heimlich schrieb ich mir die Musikgruppe auf die Rückseite meines Einkaufszettels. Als wir wieder unterwegs zum Hauptweg waren, fragte Karem: „Kann ich bitte kurz auf die andere Seite gehen? Ich möchte mir dort etwas ansehen.! – „Klar", antworteten wir. Wir gingen heimlich hinterher, um zu sehen, was sich Karem dort ansah. Sie stand vor einem riesigen Teddy. Er war schön flauschig. Nachdem sie einige Zeit den Teddy in der Hand gehalten hatte, legte sie ihn in das Regal zurück und ging weiter zu den Reisetaschen. Sie schaute sich viele an, aber eine ganz bestimmte nahm sie besonders in Augenschein. Nadine sah mich an und zwinkerte mir zu. Ich wusste Bescheid. Das wären die richtigen Weihnachtsgeschenke.

Als Karem wieder zurück kam, kauften wir noch Gemüse, Getränke und Wurst ein. Ich bezahlte an der Kasse und die Mädchen packten die Einkäufe in die Taschen. Dann fuhren wir mit dem Einkaufswagen die Gänge entlang, quer über den Parkplatz, bis hin zu unserem Auto. Als wir alles im Kofferraum verstaut hatten, brachten wir den Wagen zurück. Anschließend gingen wir los und holten unseren Weihnachtsbaum ab. Es war ein toller Baum! Er war jedoch so schwer, dass wir ihn zu dritt zum Auto tragen mussten. Nadine stellte ihn am Auto ab und hielt ihn fest, während Karem und ich den Kofferraum öffneten und die hinteren Sitze umklappten. Anschließend schoben wir ihn alle gemeinsam so in das Auto, dass die Spitze bis an die Frontscheibe reichte. Da der Weihnachtsbaum sehr groß war, brauchten wir mehrere Versuche, bis er endlich verstaut war. Kurze Zeit später war das Wunder vollbracht. Nun mussten wir nur noch hinein passen. Karem nahm auf dem Rücksitz Platz, während Nadine und ich versuchten, im vorderen Teil klar zu kommen. Während der Fahrt hatten Nadine und ich ständig Tannenzweige im Gesicht. Karem fand es sehr amüsant.

Zu Hause angekommen, zogen wir zuerst den Baum heraus und trgen ihn in den Keller. Karem und Nadine gingen dann in die Wohnung, um einen Eimer mit Wasser zu holen, in den sie den Baum einstellen konnten. In der Zwischenzeit brachte ich die Taschen mit den Einkäufen in die Wohnung. Dort verstaute ich dann die Lebensmittel im Kühlschrank. Ich war gerade damit fertig, als ich von den beiden gefragt wurde: „Mum, können wir bitte heute zu McDonalds fahren und dort zu Abend essen?" Eigentlich war e3s nicht eingeplant, aber weil sie mir mit dem Baum geholfen hatten sagte ich: „OK, aber wir holen das Essen nur ab und essen hier." Gesagt, getan. Als wir wieder zu Hause ankamen, setzten wir uns gemütlich an den Tisch und aßen zu Abend. Nachdem wir mit unserem Hund noch einen Spaziergang gemacht hatten, spielten wir alle bis in die späten Abendstunden Karten, hörten Musik und freuten uns, dass wir einen so schönen Weihnachtsbaum gefunden hatten.

Am nächsten Tag, Karem und Nadine waren noch in der Schule, nutzte ich die Zeit und fuhr wieder in den Supermarkt. Dort kaufte ich für Nadine die CD und für Karem den Teddy und die Reisetasche ein. Nur einige Regal weiter gab es Süßigkeiten für das Weihnachtsfest. So nahm ich noch Schokoladenweihnachtsmänner und weitere Leckereien für die Teller mit. Als ich alles im Auto verstaut hatte, fuhr ich allerdings nicht gleich zurück, sondern zu meiner Freundin nach Westdorf. Ich wusste ja bereits seit Jahren, dass Nadine sehr neugierig war und bestimmt in den Schränken nach den Weihnachtsgeschenken suchen würde. So ließ ich die Geschenke einfach in Westdorf. Ich besprach mit meiner Freundin, dass ich alles am Heiligabend wieder abholen würde.

Genau an Heiligabend besprachen wir nach dem Frühstück, was für den Tag geplant war und was jeder für Aufgaben übernehmen sollte. So gingen Karem und Nadine nach dem Frühstück mit Bonnie spazieren und anschließend verpackten sie die Geschenke und lernten ein Weihnachtsgedicht. Ich fuhr inzwischen zu meiner Freundin und holte die Geschenke und Süßigkeiten ab. Es dauerte nicht lange, bis ich wieder zu Hause war. Dort brachte ich alles ins Schlafzimmer und versteckte die Sachen im Schrank. Anschließend hatten wir einiges in der Küche zu tun. Auf Wunsch meiner beiden Damen gab es zum Mittagessen Geflügel, Rotkohl und Klöße. Das vorgewürzte Geflügel gab ich in die Backröhre und Nadine öffnete schon mal das Glas mit dem Rotkohl. Bis das Geflügel fertig war, bereiteten wir den Nudelsalat in der Küche zu. Karem und Nadine zerkleinerten Gurken, Zwiebeln und noch weitere Zutaten für den Salat, den wir am Abend essen wollten. Es war schön, gemeinsam zu kochen. Ganz nebenbei zog der Duft des

Geflügels durch die gesamte Küche und wir bekamen Appetit. Es dauerte nicht lange, bis das Mittagessen fertig war. Während ich in der Küche den Rest vorbereitete, deckten die beiden bereits den Tisch. Wir aßen ausgiebig und voller Genuss.

Nach dem Essen wollte keiner aufstehen und den Tisch abräumen, weil wir alle so satt waren. Nach einer halben Stunde standen wir dennoch auf und trugen das Geschirr in die Küche. Ich wusch ab und Nadine und Karem holten inzwischen den Weihnachtsbaum sowie den Weihnachtsschmuck aus dem Keller. Wie jedes Jahr begann wieder die Tortur, den Weihnachtsbaum aufzustellen. Während Nadine und ich den Baum anhoben, versuchte Karem das Stammende in den Ständer zu bringen. Als wir das endlich geschafft hatten, wurden die Schrauben am Ständer festgezogen, damit der Baum auch schön gerade stand. Nadine und Karem wollten den Baum anschmücken, während ich alles für den Abend und die beiden Feiertage vorbereitete. Manchmal warf ich einen kurzen Blick in die Wohnstube. Ich sah, mit welcher Hingabe Karem den Baum mit den unterschiedlichsten Kugeln und Engeln schmückte. Nadine widmete sich indes der Beleuchtung.

Am späten Nachmittag wurde ich von einem wunderschön geschmückten Weihnachtsbaum überrascht. Ich lobte die beiden, die sich sehr darüber freuten. Wir setzten uns an den Tisch und tranken etwas Limonade. Vor allem Karem war sehr aufgeregt, weil sie ja nicht wusste, wie bei uns Weihnachten gefeiert wird. Allerdings sah ich auch etwas Trauriges in ihren Augen. Sie dachte an ihre Familie, Freunde und Verwandte in ihrer Heimat. Es war verständlich. Weihnachten ist nun einmal ein Familienfest.

Gegen 18 Uhr deckten wir den Tisch für das Abendessen und brachten den Nudelsalat ins Wohnzimmer. Dazu gab es Tee und Würstchen mit Senf und Ketchup. Dieses Mal erledigten Karem und Nadine den Abwasch, während ich ins Schlafzimmer ging. Ich sagte: „Wenn ihr fertig seid, geht bitte ins Jugendzimmer, bis ich euch rufe!". Es kam nur ein kurzes „OK" als Antwort. Jetzt hatte ich endlich Zeit, die Geschenke einzupacken. Darauf freue ich mich jedes Jahr. Ich verpackte zuerst die CD für Nadine in buntes Weihnachtspapier und schrieb auf einen Zettel ihren Namen. Es erwies sich allerdings als etwas schwierig, den Teddy zu umwickeln. Plötzlich hatte ich eine Idee. Ich versteckte einfach den Teddy in der Reisetasche und wickelte diese dann in Weihnachtspapier ein. Auch hier schrieb ich den Namen drauf. Anschließend verteilte ich Süßigkeiten, Obst und Nüsse auf drei Weihnachtsteller. Die Geschenke brachte ich in die Wohnstube und legte sie unter den Weihnachtsbaum. Die Süßigkeitsteller stellte ich auf den Tisch. Als das erledigt war, rief ich: „Ihr könnt jetzt kommen!" Kaum hatte ich die Worte ausgesprochen, da standen sie schon in der Wohnstube. Als Karem die Süßigkeiten sah, traten ihr plötzlich Tränen in die Augen. Sie konnte sie kaum zurück halten und dieser Anblick berührte uns sehr. Beide standen dann vor mir und sagten ein Weihnachtsgedicht auf. Als sie endeten, sagte ich: „Seht doch einmal unter den Weihnachtsbaum, was dort für euch liegt." Das ließen sie sich nicht zweimal sagen. Nadine fand sofort die CD und packte sie gleich aus. Karem sah das große Paket und traute ihren Augen kaum. Nadine zwinkerte mir zu. Gemeinsam beobachteten wir, wie Karem das Paket öffnete und die Reisetasche vorfand. Sie lächelte und freute sich sehr. Aber als sie die Tasche öffnete und den Teddy sah, war es vorbei. Sie nahm ihn vorsichtig heraus, drückte ihn fest an sich und umarmte uns beide. Sie war völlig überrascht und glücklich.

Nun bekam auch ich meine Weihnachtsgeschenke. Von Nadine erhielt ich ein Buch und von Karem ein Souvenir aus ihrer Heimat. Ich freute mich sehr über alles und bedankte mich herzlich bei ihnen. Nadine und Karem wollten sich draußen mit ihren Freundinnen treffen. Doch bevor sie dies tun konnten, klingelte das Telefon. Der Anruf war für Karem und ich gab ihr den Telefonhörer. Als sie ihn ans Ohr hielt, sagte sie mit Tränen in den Augen: „Mami, Papi!" Dieser Anruf von ihren Eltern war für Karem das schönste Weihnachtsgeschenk überhaupt. Die restlichen Feiertage verbrachten wir mit unseren Freunden.

8. Kapitel

Schnell vergingen die ersten Monate des neuen Jahres. Es war bereits Mai, die Bäume zeigten ihre schönsten Blüten und es wurde schon warm. Meine Tochter Nadine hatte Geburtstag und so planten wir als Geschenk einen Kurztrip nach London. Karem und ich hatten es uns ausgedacht und organisiert. Es sollte eine große Überraschung werden und das wurde es auch.
Wir weckten Nadine um acht Uhr morgens und gratulierten ihr herzlich zum Geburtstag. Neben dem Frühstück stand eine Vase mit einem riesigen Strauß Blumen und eine Geburtstagskarte. Sie schaute etwas ungläubig drein, weil sie ein Geschenk vermisste. Wir sagten nichts dazu. Als ich nach dem Frühstück unseren Hund Bonnie zu meiner Freundin nach Westdorf brachte, wurde Nadine schon nachdenklich. Kurze Zeit später stand dann auch schon ein Taxi bei uns vor der Tür und wir

sagten nur: „Zieh Dir bitte noch einen Pullover über, Nadine!" Sie tat es, verstand aber nicht den Grund. Das Taxi brachte uns zum Bahnhof und von dort fuhren wir mit dem Zug nach Magdeburg. Nadine fragte uns: „Wohin fahren wir eigentlich?" Sie vermutete, dass wir uns in Magdeburg einen schönen Tag machen würden. Karem und ich lachten uns an, verrieten aber nichts. Es sollte ja eine Überraschung werden. In Magdeburg angekommen, bestiegen wir eine Straßenbahn, die uns an eine Tankstelle an den Stadtrand brachte. Als wir dort ausstiegen, warteten bereits noch andere Fahrgäste auf den Bus, der uns nach London bringen sollte. Wir stellten uns zu den anderen Reisenden. Der Bus kam mit einer zweistündigen Verspätung an. An ihm war zu lesen, wohin die Reise gehen sollte. Nadine machte große Augen und so sagten wir nur: „Happy Birthday." Sie war völlig überwältigt und freute sich riesig.

Wir stiegen in den Bus ein. Nadine und Karem setzten sich nebeneinander. Ich saß eine Reihe weiter vorn. Nachdem wir Platz genommen hatten, erfuhren wir, dass es zügig weitergehen und es nur zwei Zwischenstopps auf der Strecke geben würde. Wir lehnten uns zurück und fuhren auf der Autobahn nach Hannover. Dort gab es den ersten Zwischenstopp. Aus zeitlichen Gründen gab es nur eine fünfzehnminütige Pause. Also rasten wir los. Die Zeit war knapp, aber viele aus dem Bus nutzten die Möglichkeit, eine Toilette aufzusuchen oder sich die Beine zu vertreten. Kaum waren alle wieder eingestiegen und hatten Platz genommen, ging die Fahrt auch schon weiter.

Vom Reiseleiter erfuhren wir, dass wir wenig Zeit hatten und nur noch ein kurzer Stopp in Minden erfolgen würde. Dort vertraten wir uns kurz die Beine. Weiter ging es auf der Autobahn über Holland und Belgien bis nach Calais in Frankreich. Eigentlich wollten Karem und Nadine etwas von Holland und Belgien sehen, aber sie waren vor lauter Müdigkeit eingeschlafen. Sie wachten erst in Frankreich wieder auf. In Calais mussten wir alle kurzzeitig aussteigen, um durch die Passkontrolle zu gehen. Danach stiegen wir wieder in den Bus ein und fuhren langsam auf die Fähre, die schon bereit stand. Als unser Bus unter Deck fuhr, wurde uns von der Reiseleitung mitgeteilt, dass wir uns die Farbe der Leiter merken sollten, um unseren Bus wieder zu finden. Es gab unterschiedliche Farben. Unsere Treppe war gelb. Wir gingen die Stufen in die erste Etage hinauf. Wir staunten nicht schlecht, was es alles zu sehen gab. Vor uns stand auf einer Tür die Aufschrift „Erfrischungsraum". So betraten wir erst einmal den Raum und erfrischten uns. Danach fühlten wir uns wohler und unternahmen einen Streifzug durch die Etage. Es gab Spielcasinos, Automaten, Fernsehräume, Spielräume für

Kinder und auch einen Aufenthalts- und Speiseraum.

Als wir diese Ebene erkundet hatten, gingen wir auf das Oberdeck. Karem war zuerst oben. Es war kalt und stürmisch. Das störte Karem und Nadine jedoch nicht. Sie standen an der Reling und Karem sagte zu mir: „Mum, guck, das Meer!" Sie war völlig fasziniert. In der Ferne konnten wir noch weitere große Schiffe sehen. Beide Mädchen standen mit ausgebreiteten Armen an der Reling, wie im Film „Titanic". Der Wind peitschte ihnen ins Gesicht, aber das störte sie nicht. Wir machten Erinnerungsfotos.
Nach etwa fünfundvierzig Minuten sahen wir die Kreidefelsen von Dover. Als die Durchsage des Kapitäns kam, dass wir in einigen Minuten in der Hafenstadt anlegen würden, bemerkte ich nur: „Lasst uns langsam nach unten gehen und unseren Bus suchen." Also machten wir uns auf die Suche nach der gelb gestrichenen Treppe, die uns zum Bus führen würde. Es gab ein großes Gedränge, denn auf der Fähre befanden sich viele Passagiere. Auf dem Weg nach unten fühlten wir, dass die Fähre langsamer wurde. Kaum stiegen wir in den Bus, öffnete sich auch schon die Heckklappe des Schiffes und die ersten Fahrzeuge setzten sich in Bewegung. So fuhren auch wir langsam aufs Festland. Die Fahrzeuge mussten dann alle noch einmal halten und die Personen durch die Passkontrolle gehen. Alles verlief ganz normal und wir stiegen

wieder in den Bus. Dieser fuhr uns dann ins Landesinnere nach London.

Die Fahrt dauerte etwas über eine Stunde. Wir genossen diese Zeit und sahen aus dem Busfenster. Es war ein schöner Anblick. Wir sahen viele grüne Weiden, auf denen Schafe und Pferde grasten. Die Reiseleitung erklärte uns, dass wir in Kürze in London ankämen und wer Lust hätte, könnte an einer Rundreise teilnehmen. Gern nahmen wir dieses Angebot an. So würden wir viel zu sehen und auch erklärt bekommen. Dieses Angebot nutzte ein großer Teil der Mitreisenden. Die Reiseleitung verteilte an alle Karten von London, in der Straßen und Sehenswürdigkeiten eingezeichnet waren. Im Bus wurde uns mitgeteilt, dass man bei Mister Whu preisgünstig essen könnte. Schließlich hielt der Bus in der Eastbourn Terrace. Das ist eine Straße in der Nähe des Hyde Parks. Von der Reiseleitung erfuhren wir, dass wir genau an dieser Stelle um 23 Uhr wieder abfahren würden. Die Fahrgäste, die noch die Rundreise gebucht hatten, blieben im Bus sitzen. Den Anderen wurden schöne Stunden in London gewünscht.
Bei der Busfahrt kamen wir an vielen Sehenswürdigkeiten in der City vorbei. Leider bekamen wir so schnell nicht alles mit, machten uns aber Notizen, was wir uns später bei einem Spaziergang genauer ansehen wollten. Der Bus hielt nach einer halben Stunde am Tower of

London. Nachdem wir ausgestiegen waren, gingen wir alle kurz über die Tower Bridge. Dabei wurde uns erzählt, dass die Brücke in den Lieblingsfarben der Queen gestrichen wurde. Nun trennte sich die Gruppe und wir wünschten allen schöne Stunden in London. Wir legten eine kurze Pause ein und machten uns einen Plan, was wir alles besichtigen wollten. Karem wollte unbedingt ins Hard Rock Cafè. Also fragten wir eine englische Dame, wo wir es finden würden. Sie sprach sehr schnell und wir verstanden nur etwas von Green Park. Wir sahen auf dem Stadtplan nach, in der Hoffnung, es irgendwie zu finden. Inzwischen war es 10 Uhr morgens. Die Tower Bridge befindet sich im östlichen Teil von London und die meisten Sehenswürdigkeiten im Zentrum. So suchten wir uns markante Punkte aus, die wir sehen wollten. Nicht weit von uns entfernt stand das Monument, ein hoher und imposanter Turm. Er war sehr schön anzusehen. Als wir in die Cannon Street bogen, stellten wir fest, dass auf den Straßen „look left" oder „look right" stand. Das bedeutet, dass die Fußgänger vor dem Überqueren der Straße nach links oder rechts schauen sollten. Das war wirklich praktisch, denn wir sahen immer in die falsche Richtung, wenn wir die Straße überqueren wollten. Es war ein herrlicher Anblick, wie die Doppelstockbusse und die gelben und schwarzen Taxen durch die Straßen fuhren.

Wir spazierten weiter und kamen an der St. Paul`s Cathedral an. Leider konnten wir sie nur von außen besichtigen, aber wir machten einige Erinnerungsfotos. Nachdem wir die Straße eine Stunde entlang gegangen waren, standen wir inmitten des Stadtzentrums. Wohin wir auch sahen, überall konnten wir jede Menge Geschichtliches und Sehenswürdiges ausmachen. Es gab so viel zu entdecken. Aber wohin zuerst?

Wir entschieden uns für den Trafalgar Square. Dort tanzten Männer in weißen und roten Gewändern. Als wir nachfragten, erfuhren wir, dass gerade an diesem Tag das Maifest stattfand. Durch diese Tänze wurde der Winter vertrieben. Fasziniert beobachteten wir das Treiben. Plötzlich kamen einige von ihnen auf uns zu, nahmen Karem und Nadine an die Hand und tanzten ausgelassen mit ihnen. Alle waren fröhlich und ich machte einige Fotos von meinen Mädels. Gleich auf der anderen Straßenseite befand sich der Piccadilly Circus, mitten auf einer Kreuzung. Auf den Stufen des Monumentes saßen viele Studenten und Touristen, die das Flair genossen oder sich einfach nur ausruhten. Langsam bekamen wir Hunger und Durst. Den gewissen Mister Whu hatten wir leider nicht gefunden. Also kauften wir uns in einem Bistro Brötchen, gebratenes Geflügel und Cola. Damit setzten auch wir uns auf die Stufen des Monumentes und genossen unser Essen. Es war wohltuend, sich einmal auszuruhen. Wir blieben einfach noch eine Weile sitzen und sahen dem hektischen Treiben um uns herum zu. Rings um den Platz gab es ein riesiges Kino, Einkaufshops, Souvenirläden und vieles andere mehr. Wir nahmen uns einfach vor, rund um den Platz in die Geschäfte zu gehen, uns umzusehen und auch Andenken mit nach Hause zu nehmen. Die Auswahl fiel uns sehr schwer. Karem kaufte Ansichtskarten und Andenken mit dem Wahrzeichen von London. Nadine war von dem Doppelstockbus begeistert und von Fanpostkarten ihrer Lieblingsmusikgruppen.

Nachdem wir alles besichtigt hatten, gingen wir in südlicher Richtung die Whitehall hinunter. An deren linken Seite fließt die Themse vorbei und auf der anderen Seite liegt der St. James Park. Auf dieser Seite steht ein Gebäude, welches von einem Soldaten in schwarzer Uniform, mit einem blinkendem Helm auf dem Kopf und einem Säbel in der Hand bewacht wird. Was das wohl für ein Haus war? An einer Wandtafel stand „Horse Guard". Wie alle Touristen postierten sich auch Karem und Nadine für ein Foto neben dem Soldaten. Dann gingen wir weiter die Straße entlang und an deren Ende befanden sich gleich zwei berühmte Gebäude. Direkt an der Themse liegen das House of Parlament und Big Ben, beides Wahrzeichen von London. Gleich auf der gegenüber liegenden Seite steht die berühmte Westminster Abbey.

Vor diesem Gebäude war viel los. Tänzer in verrückten Kostümen zeigten auf dem Vorplatz ihr Können. Die Besucher blieben stehen, klatschten im Rhythmus der Musik in die Hände und machten genau wie wir unzählige Fotos. Karem konnte sich kaum daran satt sehen. So blieben wir noch eine Weile stehen und sahen zu.

Auf dem Weg zum Green Park gingen wir die Victoria Street entlang und kamen so zur Westminster Cathedral. Auch von dieser Sehenswürdigkeit machten wir Erinnerungsfotos. Auf der anderen Straßenseite ging es zum Buckingham Palace. Davor gab es Grünanlagen mit wunderschönen Blumen. Direkt vor dem Palast steht ein großer Brunnen. Rings herum sind Bronzefiguren angebracht und den oberen Sockel krönt ein wunderschöner goldener Engel. Karem und Nadine setzten sich auf den Brunnenrand und wieder wurden Fotos gemacht. Der Platz war angefüllt mit Studenten und Touristen. Nun gingen wir zum Tor vor dem Palast. Die Mädchen stellten sich davor. Das Tor war fünf Meter hoch und an beiden Seiten waren königliche Wappen angebracht. Es war sehr imposant, einmal vor diesem ehrwürdigen Gebäude zu stehen. Plötzlich dachten wir an den tragischen Tod von Lady Diana. Damals hatten die Menschen genau diese Stelle in ein riesiges Blumenmeer verwandelt.

Ein paar Minuten später befanden wir uns auch schon im Green Park. Es ist eine wunderschöne Anlage mit vielen Bänken zum Ausruhen, Wegen, die zum Spazieren einladen und auch kleinen Teichen, in denen Enten schwimmen. Unterwegs fragten wir in gebrochenem Englisch nach dem Hard Rock Cafè. Wir verstanden, dass es sich ganz in der Nähe befand. Obwohl mir die Füße schmerzten, wollte Karem unbedingt dorthin. Also raffte ich mich auf und wir gingen zum Cafè. Dort kauften sich die beiden noch Souvenirs. Ganz stolz hoben sie ihre Schätze hoch und waren glücklich.

Inzwischen war es dunkel geworden und nachdem wir den Park durchquert hatten, standen wir auch fast wieder am Piccadilly Circus. Zufällig trafen wir dort einige Fahrgäste aus unserem Bus. Begeistert tauschten wir unsere Erlebnisse aus. Natürlich zeigten wir uns gegenseitig die Andenken. Wir überlegten, dass es das Beste wäre, wenn wir noch Lebensmittel für unterwegs einkaufen würden. Darüber waren wir uns einig, denn bis zurück nach Deutschland war es noch ein weiter Weg. Gemeinsam gingen wir durch eine Unterführung. Dort kauften wir uns belegte Brötchen, etwas Obst und Getränke. Beim Einkaufen trafen wir noch die Reiseleitung, die sich auch gerade mit Proviant für die Rückfahrt versorgten. So ganz nebenbei wurden wir gefragt, ob wir auch Chinatown besucht hatten. Überrascht fragten wir: „Es gibt ein Chinatown in London?" Wir hatten die Fahrt nach London so spontan gebucht, dass wir uns vorher gar nicht über alles informiert hatten. „Sollen wir es euch zeigen? Wir haben ja noch etwas Zeit." Alle sagten einstimmig zu.

Gemeinsam gingen wir nur einige Minuten und schon waren wir da – Chinatown. Alles war hell erleuchtet; wir wurden in eine ganz andere Kultur versetzt. Leider ist Chinatown sehr klein. Es wird von zwei Toren besetzt. Dazwischen gibt es unterschiedliche Geschäfte, die Speisen, Andenken, Bücher und andere Dinge angeboten. Von der Reiseleitung erfuhren wir, dass es hier eine Tradition gab. Wenn man von einem Tor zum andern geht und ganz fest an etwas glaubt, geht dieser Wunsch in Erfüllung. Natürlich nutzte jeder Einzelne von uns diese Möglichkeit und ging durch die Tore.

Dann wurde es langsam Zeit, zu unserem Reisebus zurück zu kehren. Es war schön, dass wir in dieser Gruppe gingen. So brauchten wir nicht nach der Haltestelle zu suchen und bekamen noch jede Menge zusätzliche Informationen. Als wir am Bus ankamen, standen die anderen Fahrgäste schon bereit. Wir stiegen alle ein und setzten uns auf unsere Plätze. Der Bus fuhr auch gleich los und es ging den gleichen Weg zurück nach Dover. Die Fähre auch schon fest gemacht und der Bus fuhr gleich hinein. Diese Fähre war allerdings erheblich kleiner als die, mit der wir angekommen waren. Hier gab es auch nicht diesen Komfort wie auf der ersten Überfahrt. Es waren nicht viele Gäste an Bord. Wir setzten uns in den Aufenthaltsraum. Einige Fahrgäste bestellten etwas zu Essen und zu Trinken. Allerdings waren die Speise auf der Fähre sehr teuer. So waren wir froh, dass wir noch in London eingekauft hatten. Als wir mitten auf dem Meer waren, schaukelte es ganz schön. Die Tabletts rutschten von einer Tischseite zur anderen. Es folgte auch eine Durchsage vom Kapitän. Es war starker Seegang und so sollten wir, wenn die Sirene ertönt, an Deck gehen. Alle atmeten auf, als wir nach einer knappen Stunde Calais erreichten.

Ohne Aufenthalt ging es gleich weiter über Belgien und Holland nach Deutschland. Karem und Nadine lehnten sich aneinander und schliefen ein wie Geschwister. Ein wirklich schönes Bild. Ich konnte nicht schlafen. Wie auf der Hinfahrt hielt der Bus in Minden und Hannover. Die Rückfahrt kam uns kürzer vor als die Hinfahrt. Dennoch stiegen wir völlig erschöpft wieder an der Tankstelle am Stadtrand von Magdeburg aus. Da nur selten Straßenbahnen bis hierher fuhren, mussten wir eine ganze Stunde lang warten. Mit der Straßenbahn gelangten wir wieder zum Hauptbahnhof. Leider hatten wir hier kein Glück, denn unser Zug fuhr uns vor der Nase weg. Zu ärgerlich! Also warteten wir eine weitere Stunde, bis der nächste Zug nach Aschersleben ging. Endlich waren wir auf dem

heimischen Bahnhof angekommen. Laufen konnten wir nicht mehr. Also nahmen wir uns ein Taxi, dass uns bis vor die Haustür brachte. Nachdem wir den Taxifahrer bezahlt hatten, gingen wir mit letzter Kraft in die Wohnung.
Dort angekommen, duschten wir noch schnell. Karem und Nadine gingen sofort ins Bett und schliefen auch gleich ein. Ich rief nur noch schnell meine Freundin an und teilte ihr mit, dass wir wieder zurück waren und unseren Hund am nächsten Tag abholen würden. Danach legte ich mich auch hin und schlief bis zum nächsten Tag durch.

9. Kapitel

Die Zeit des Abschiednehmens rückte immer näher. Wir nutzten jede freie Minute, um zusammen zu sein. Auf der einen Seite freute sich Karem natürlich sehr auf ihre Familie und ihre Freunde, aber auf der anderen Seite waren wir hier auch wie eine Familie zusammen gewachsen. Am Tag vor Karems Abreise klingelte abends bei uns das Telefon. Es war ihre Mutti. Karem hatte gerade geduscht. Ich rief: „Karem komm schnell, Telefon, deine Mutti!" Karem kam sofort in ein Badetuch gewickelt ins Wohnzimmer gestürzt. Ihre Mutti erzählte ihr, dass sie nach Miami fliegen und mit ihr dort drei Wochen Urlaub verbringen wollte. Karem freute sich riesig.

Das Kofferpacken gestaltete sich nicht so einfach. In dem einen Jahr hatte sich sehr viel angesammelt. So kommt es, dass bis zum heutigen Tag noch Sachen von Karem bei uns im Schrank hängen. Sie sagte zu uns: „Ich lasse die Sachen hier, weil ich sowieso wieder zu euch komme." Ich freute mich, mit welcher Überzeugung sie das sagte. An diesem Abend sprachen wir kurz über die Abreise und sie verabschiedete sich noch von ihren Freunden. Am Abreisetag musste Nadine zur Schule. Also weckte sie Karem und verabschiedete sich von ihr. Dabei flossen sehr viele Tränen. Ich bereitete inzwischen das Frühstück vor. Wir sprachen sehr wenig und jeder dachte an die vergangenen ereignisreichen Monate. Während Karem ihren Koffer, eine Reisetasche, einen Rucksack und einen Beutel in den Flur stellte, machte ich ihr in der Küche etwas Proviant für unterwegs fertig. Als ich das ganze Gepäck sah, war mir schleierhaft, wie Karem das alles transportieren wollte. Sie sah sich noch einmal in ihrem Zimmer um, wo sie ein Jahr verbracht hatte und verabschiedete sich von Bonnie, der ihr so sehr ans Herz gewachsen war.
Wir mussten zweimal zum Auto gehen, um das ganze Gepäck ins Auto zu bringen. Anschließend stiegen wir ein und fuhren nach Magdeburg zum Hauptbahnhof. Die ganze Fahrt über sah Karem

aus dem Fenster und nahm die ganzen Eindrücke der Landschaft in sich auf. Keiner von uns wollte reden. In Magdeburg angekommen, schleppten wir alles in dem Bahnhof bis vor die Treppen zum Bahnsteig. Die Taschen waren so schwer, dass wir einen jungen Mann um Hilfe bitten mussten. Er nahm uns den schweren Koffer ab, aber selbst er hatte mit diesem Ungetüm Probleme. Wir aber waren froh und bedankten uns für seine Hilfe. Auf dem Bahnsteig kam ein Schaffner, sah das Gepäck und fragte: „Sagen sie, machen sie eine Weltreise?" Karem antwortete: „Ja." Der Zug stand schon auf dem Gleis, doch Karem sagte noch schnell zu mir: „Hey Mum, sei nicht traurig. Wir sehen uns wieder, aber erst kommst du mit Nadine nach Bolivien." – „OK", antwortete ich „ist versprochen." Während dessen umarmten wir uns lange und tränenreich. Die Durchsage über die Abfahrt kam viel zu schnell. Schnell schoben wir das Gepäck in den Zug und Karem stieg ein. Dann ertönte auch schon der Pfiff des Schaffnersund der Zug fuhr ab. Weg war sie! Das Jahr war viel zu schnell vergangen. Nun fuhr sie mit dem ICE nach Frankfurt am Main, wo sie von Mitgliedern der Austauschorganisation abgeholt werden würde. Danach würden die Austauschstudenten in eine Jugendherberge begleitet werden. Dort würden sich alle versammeln, um gemeinsam am nächsten Tag die Rückseite in ihre Heimatländer anzutreten.

Ich fuhr sehr traurig nach Hause und dachte an die vielen Ausflüge und Erlebnisse der letzten Monate. Am Abend klingelte dann bei uns das Telefon. Es war Karem, die uns sagte, dass sie gut in Frankfurt am Main angekommen war und uns schon jetzt schrecklich vermisste. Uns ging es genauso und das sagten wir ihr auch. Es fehlte ja plötzlich jemand in unserer Familie. Am nächsten Morgen flog sie mit der Lufthansa nach Miami. Sie war sehr glücklich, als sie nach einem Jahr wieder ihre Mutti in die Arme schließen konnte. Karem verabschiedete sich auch von den anderen Freunden, die dann weiter in ihre Heimatländer flogen.

Wir waren sehr überrascht, als am späten Abend bei uns das Telefon klingelte. Karem sagte: „Hallo Mum, ich bin gut in Miami angekommen. Meine Mutti lässt euch grüßen und ich vermisse euch."

10. Kapitel

Nach Karems Abreise schrieben wir uns viel und telefonierten auch oft miteinander. Sie hatte sich immer sehr darüber gefreut. Im November bekamen wir dann eine Einladung zu einer Hochzeit. Karems Schwester Fabiana wollte im Januar heiraten. Leider war es uns nicht möglich, nach Bolivien zu fliegen. Es war wirklich sehr schade, aber wir schickten eine

Glückwunschkarte und gratulierten dem glücklichen Paar. Karem schrieb uns eine E-Mail und teilte uns mit, dass ihre Familie uns gerne kennen lernen wollte. Das wollten wir natürlich auch, nicht zuletzt, um Karem wiederzusehen.

In diesem Jahr war für uns das Weihnachtsfest nicht so toll, weil einfach ein Teil unserer Familie fehlte. Wir vermissten Karem sehr, ihre Fröhlichkeit, ihr Lachen. Deshalb beschlossen wir, unseren nächsten Sommerurlaub in Bolivien zu verbringen, um sie zu besuchen. Dieser Plan stimmte uns wieder fröhlicher und wir freuten uns darauf. Allerdings waren wir noch nie vorher geflogen und dann solch eine Strecke. Hinzu kam, dass wir kein Spanisch sprachen und ich Flugangst hatte. Also, was sollten wir tun?

Ich schob meine Flugangst erst einmal beiseite und suchte in Reisebüros nach einer Flugverbindung zwischen Deutschland und Bolivien. Ich erfuhr, dass es keine Direktflüge gab und in der Hauptsaison es sowieso schwierig war. Zufällig war ich im Mai 2000 in Magdeburg und kam dort an einem Reisebüro vorbei. Da ich noch Zeit hatte, ging ich hinein und fragte unverbindlich nach einer Flugverbindung in der Hauptsaison. Ich sagte der Angestellten des Reisebüros, dass ich keine Flugerfahrung hatte und bis nach Santa Cruz müsste. Sie wollte es auch versuchen und mich anrufen, wenn sie etwas finden würde. Ich hinterließ meine Telefonnummer und bedankte mich für ihre Bemühungen. Als ich aus der Tür trat, hatte ich keine Hoffnung, dass es klappen würde.

Am späten Nachmittag kam ich wieder zu Hause an. Ich hatte kaum die Tür geöffnet, als ich das Telefon klingeln hörte. Ich ging mit schnellen Schritten ins Wohnzimmer und nahm den Hörer ab. Am anderen Ende der Leitung war die Mitarbeiterin des Reisebüros. „Wir haben einen Flug gefunden. Kommen sie bitte morgen in unser Reisebüro", sagte sie. Ich war total sprachlos und bemerkte nur: „Ja, ich komme." Also fuhr ich am nächsten Tag wieder nach Magdeburg und war natürlich neugierig, was mir das Reisebüro mitteilen konnte. Ich erfuhr, dass wir ab Frankfurt am Main über Spanien und Argentinien nach Bolivien   könnten. Ich war überglücklich, aber als ich auf der Karte die Strecke sah, bekam ich wieder dieses beklemmende Gefühl in der Magengegend. Ich reservierte aber erst einmal den Flug, weil ich ja noch mit Nadine und Karem sprechen musste. Ich sagte der Mitarbeiterin, dass ich mich spätestens in zwei Tagen melden würde.

Kaum war ich zu Hause, überraschte ich Nadine mit der Neuigkeit. Ihr standen die Tränen in den Augen und sagte: „Mum, ich bin happy. Ich sehe meine große Schwester wieder." Dabei drückte sie mich. „Los, rufen wir Karem an und fragen nach, ob wir kommen können!" Wir sahen auf die Uhr und waren der Meinung, dass Karem zu Hause sein müsste. In Bolivien war es gerade Mittag. Wir wählten ihre Nummer. Es klingelte. Mein Herz schlug bis zum Hals. Dann sagte jemand: „Hola". Ich hoffte es war Karem und fragte: „Karem?" Sie fragte überrascht: „Mum, bist du es?" Wir riefen beide: „Ja, wir sind es." Nadine stand neben mir und platzte mit der Nachricht heraus: „Karem, wir können uns sehen und haben einen Flug. Können wir im Juli kommen?" Sie sagte: „Klar, wir freuen uns alle riesig. Toll, wir werden uns wiedersehen. Ich vermisse euch so!" Wir erzählten ihr, dass wir am 11. Juli von hier los fliegen und in Santa Cruz landen würden.

Gleich am nächsten Tag rief ich das Magdeburger Reisebüro an und teilte ihnen mit, dass wir die Reise antreten würden. Alles ging schnell und reibungslos. Schon einige Tage später erhielten wir bereits die Tickets und die dazu gehörige Reiseroute. Den Unterlagen war ein Schreiben beigelegt, dass das Reisebüro umzog und unsere Daten weitergeleitet werden würden. Man wünschte uns eine gute Reise. Das Abenteuer konnte beginnen.

Die Zeit der Reise kam immer näher und die Flugangst und die Bedenken wurden größer. Wir hatten ja keine Flugerfahrung und einen Flughafen kannten wir nur aus dem Fernsehen. Außerdem kam die Frage auf, wie wir uns verständigen sollten. Nadine sah alles sehr locker. „Es wird sich schon alles finden", meinte sie gelassen. Zu diesem Zeitpunkt hatten wir jedoch noch keinen Koffer, weil Karem unseren mit nach Bolivien genommen hatte. Wir hatten lediglich eine Reisetasche und einen Rucksack. Also borgten wir uns einen Koffer von Freunden. Langsam wurde die Zeit knapp. Nun begann das Drama mit dem Kofferpacken. Einen Tag vor der Abreise schickte Karem uns eine E-Mail. Darin schrieb sie uns, dass gerade in Bolivien Winter war. Wir überlegten, was das wohl bedeuten könnte. Brauchten wir warme Pullover oder reichten Blusen und T-Shirts? Wir packten alles ein, da wir uns nicht sicher waren. Wir sollten auch ihren Teddy mitbringen, den sie von uns zu Weihnachten bekommen aber hier gelassen hatte. Auch schrieb sie uns, dass sie uns leider nicht in Santa Cruz abholen könne, weil sie zur Uni müsste. Wir sollten uns aber keine Sorgen machen. Ihre Tante würde uns in Empfang nehmen. Sie wäre eine große schlanke Frau, sie wüsste, wie wir hießen. Ich dachte nur: Na toll, auch das noch. Keinen Namen von der Tante, keine Adresse, keine Spanischkenntnisse und dann noch die Flugangst. Das kann ja heiter werden.

Das Kofferpacken lenkte mich ein wenig ab. Am Abend kam dann Korinna zu uns. Sie erklärte sich bereit, unseren Hund Bonnie zu betreuen. Darüber waren wir sehr froh. Dann bestellten wir ein Taxi für den nächsten Vormittag 9 Uhr, dass uns zum Bahnhof bringen sollte. Die Sehnsucht und die Wiedersehensfreude waren größer als die Angst. Doch es war eine Reise ins Unbekannte.

11. Kapitel

Am nächsten Tag standen wir um 8 Uhr früh auf und frühstückten. Nadine war völlig aus dem Häuschen. Eine Stunde später stand pünktlich das Taxi vor der Tür und wartete auf uns. Jeder von uns hatte für alle Fälle die Reiseroute in der Tasche, falls eine verloren ging. Wir schauten uns noch einmal in der Wohnung um und nahmen Abschied. Nadine bemerkte meine Unruhe und sagte nur: „Take it easy, Mum!" Na toll, dachte ich so bei mir. Was mich betraf, hatte ich die ganze Nacht vor lauter Aufregung kaum geschlafen.

Gemeinsam schleppten wir das Gepäck die Stufen hinunter. Ich hatte den Koffer und eine Umhängetasche, während Nadine die Reisetasche und den Rucksack mit dem Teddy trug. Wir nahmen noch die Tageszeitung aus dem Postkasten. Somit hatten wir gleich etwas zu lesen und etwas Ablenkung. Der Taxifahrer nahm uns das Gepäck ab und verstaute es im Kofferraum. Er fragte uns, wohin es mit soviel Gepäck gehen sollte. „Zuerst zum Bahnhof und dann nach Südamerika", antworteten wir. „Da haben sie sich aber etwas vorgenommen", lachte er und wünschte uns einen schönen Urlaub. Nach zwanzig Minuten kamen wir am Bahnhof an, bezahlten das Taxi und gingen mit unserem Gepäck zum Bahnsteig. Nun gab es kein zurück mehr und was uns erwarten würde, wussten wir nicht.

Wir mussten nicht lange auf den Zug warten. Er kam schon nach wenigen Minuten. Kurze Zeit später ertönte bereits der Pfiff des Schaffners und der Zug setzte sich in Bewegung. Nun hieß es nur noch vorwärts. Während der Fahrt sahen wir aus dem Fenster. Die erste Station war Hildesheim. Dort hatte es geregnet und es war windig. Wir standen zwei Stunden auf dem Bahnsteig und warteten auf den ICE, der uns nach Frankfurt am Main bringen sollte. Er kam fast pünktlich und wir waren froh, dass wir dem nasskalten Wetter entfliehen konnten. Wir stiegen mit dem ganzen Gepäck in den Zug ein und suchten uns schöne Plätze im Nichtraucherabteil. Der Zug fuhr an und mit jedem Kilometer entfernten wir uns mehr und mehr von unserem Zuhause und kamen zugleich Karem immer näher. Als wir im Zug saßen, nahmen wir unsere Zettel aus den Jackentaschen und machten hinter Hildesheim ein Häkchen. Unsere nächste Station war Frankfurt am Main. Von dort sollten wir laut Plan mit der S-Bahn zum Flughafen fahren. Mit dem ICE brauchten wir vier Stunden. Hinter uns saß ein junger Mann mit einem Laptop. Er hatte zufällig unser Gespräch mit angehört. Kurz vor der Ankunft in Frankfurt am Main fragte er uns: „Soll ich ihnen die S-Bahnstation zeigen?" Wir waren sehr dankbar für dieses Angebot. Wir nahmen unser Gepäck und gingen hinter ihm her. Der Frankfurter Hauptbahnhof ist riesig und wir hätten vermutlich lange nach der S-Bahnstation gesucht. Es war gar nicht so leicht, dem jungen Mann zu folgen. Wir schlängelten uns mit unseren Taschen durch die Menschenmassen hindurch und hatten Mühe, ihn nicht aus den Augen zu verlieren. An der Rolltreppe blieb er stehen und wartete auf uns. Er erzählte, dass von dem Gleis gleich unterhalb der Treppe alle fünf Minuten eine S-Bahn zum Flughafen fahren würde. Wir bedankten uns bei ihm und fuhren nach unten. Der Anzeigetafel konnten wir entnehmen, dass gleich ein S-Bahn kommen würde.

Es waren sehr viele Passanten auf dem Bahnsteig. Nachdem wir in die Bahn eingestiegen waren, standen wir alle dicht gedrängt. Als die Bahn am Flughafen hielt, strömten die Menschenmassen in unterschiedliche Richtungen. Wir blieben erst einmal stehen und sahen uns um. Auf unserem Zettel stand, dass wir zum Terminal B mussten. Da wir noch nie vorher auf einem Flughafen gewesen waren, fragten wir einen älteren Herrn nach dem Weg. Er wollte gerade mit seinem Enkel zu McDonalds. Er sagte: „Ich bringe sie hin. Wir haben den gleichen Weg. Passen sie auf ihr Gepäck auf, die klauen hier wie die Raben!"

Kaum hörten wir das, da trugen wir unser Gepäck dicht an uns gepresst und folgten dem Herrn bis zu einer großen Anzeigetafel. Dort waren alle Flugdaten aufgeführt. Wir verglichen unsere Flugdaten mit den Daten an der Anzeige, fanden sie aber nicht. Auf unserem Plan stand, dass wir mit der AR 175 um 19.25 Uhr nach Madrid abfliegen sollten. Rechts von der Anzeigetafel sahen wir Schalter der Argentinischen Airline. Wir gingen hin und legten unser Flugticket vor. Die Mitarbeiterin der Airline sah zuerst das Ticket an und dann uns. „Sie Möchten über Madrid und Argentinien nach Bolivien fliegen? Dann kennen sie sich ja aus." Ich antwortete nur, dass wir noch nie vorher geflogen wären und auch nicht wüssten, was auf uns zukommen würde. Die Dame fragte: „Mein Gott, hätten sie nicht zum Üben eine kürzere Strecke nehmen können?" Daraufhin sagte ich nur: „Nein, das ging nicht. Unsere Freunde haben uns eingeladen und erwarten uns." Sie erklärte uns, dass es das Beste wäre, wenn wir zuerst unser Gepäck eincheckten. Wir sollten uns keine Sorgen machen, dass Gepäck wäre immer im gleichen Flugzeug wie wir. Wir erfuhren auch, dass wir von Frankfurt am Main mit der spanischen Airline der IBERIA 2503 um 19.25 Uhr nach Madrid fliegen sollten. Da wir keine Flugerfahrung hatten, wurde uns gesagt, dass wir in Madrid von einer Stewardess abgeholt werden würden. Sie empfahl uns noch: „Bitte verstellen sie sich und sprechen sie kein

Spanisch!" Ich antwortete nur trocken: „ Ich brauche mich nicht verstellen. Ich kann kein Spanisch!" Bevor wir gingen, bekamen wir noch unsere Bordkarte, auf der die Uhrzeit, das Gate und unsere Sitze angegeben waren. Natürlich waren wir sehr froh, dass wir abgeholt werden würden. Dann alles kam wieder einmal ganz anders.

Bis zum Abflug hatten wir noch Zeit. Wir gingen zuerst zu McDonalds, welches sich auf der gleichen Etage befand. Dort aßen und tranken wir etwas. Anschließend durchstreiften wir die Halle, um schon einmal zu sehen, von wo wir abfliegen würden. Nebenbei beobachteten wir die Starts und Landungen der vielen Flugzeuge. Dann wurde es langsam Zeit und die Aufregung wuchs. Mein Herz schlug bis zum Hals. Nun ging es zur Passkontrolle. Vor uns bildeten zahlreiche Passagiere eine Schlange und warteten auf die Abfertigung. Direkt vor uns stand ein Ehepaar mit Kind, das mit einer Wasserpistole spielte. Als es jedoch die Wasserpistole an der Passkontrolle abgeben sollte, machte es riesiges Theater. Schließlich ging es dann aber doch weiter. Nun waren wir an der Reihe. Wir stellten unser Handgepäck auf das Fließband und wurden abgetastet. Es war schon ein komisches Gefühl. Auf einem Monitor konnten wir sehen, was sich alles in unserem Handgepäck befand. Am anderen Ende des Fließbandes durften wir unser Handgepäck wieder aufnehmen.

Nun suchten wir unser Gate E 24. Dort zeigten wir unsere Bordkarte vor. Es war die gleiche Dame wie am Schalter. Sie lächelte uns zu und versuchte, uns Mut zu machen. In mir sah es aber anders aus. Die Dame sagte uns, dass wir in etwa zehn Minuten mit den anderen Passagieren in einen Bus einsteigen sollten. Draußen war es bereits dunkel, windig und nasskalt. Alle Passagiere stiegen in den Bus und wir fuhren zu unserem Flugzeug. Es war nicht sehr groß. Nachdem wir alle aus dem Bus ausgestiegen waren, ging es die Treppe zur Maschine hinauf. Für mich ein sehr beklemmendes Gefühl. Auf unseren Bordkarten standen die Sitzplätze 18A und 18B. Diese befanden sich etwa in der Mitte des Flugzeuges. Die Türen schlossen sich und so gab es für uns kein Zurück mehr. Auf einer Anzeige erschienen die Mitteilungen, dass wir uns anschnallen und das Rauchen einstellen sollten. Langsam setzte sich unser Flugzeug in Bewegung und rollte zur Startbahn. Es wurde immer schneller und ich hatte das Gefühl, mit einem Auto rasant über eine Huckelpiste zu fahren. Es wurde immer schneller und hob ab. In meinem Magen begann es zu kribbeln. Nadine saß am Fenster und träumte von ihrer Schwester Karem, die sie bald in die Arme schließen würde. Ich sah mich im Flugzeug um. Mir gegenüber saß eine junge Frau mit zwei kleinen Kindern. Wir kamen ins Gespräch. Sie erzählte mir, dass sie auf dem Weg nach Argentinien war, um dort die Familie ihres Mannes zu besuchen. Dieses Gespräch lenkte mich ab und gab mir ein Gefühl der Sicherheit. Wir würden bis Buenos Aires zusammen fliegen. Das war irgendwie beruhigend. Nachdem wir dreißig Minuten in der Luft waren, verteilte die Stewardess Snacks und Getränke an die Passagiere. Sie trug ein Tablett mit den unterschiedlichsten Getränken. Das Einzige, was wir verstanden, war Aqua. Wir wussten, dass es sich dabei um Mineralwasser handelte. Also entschieden wir uns dafür, denn alles andere kannten wir nicht. Draußen war es immer noch sehr windig, da unser Essen auf unseren Plätzen hin und her rutschte.

Pünktlich um 21.55 Uhr landeten wir auf dem Flughafen in Madrid. Wir stiegen mit den anderen Passagieren aus und gingen mit ihnen durch den Gang in die Halle. Wir waren froh, dass wir endlich wieder festen Boden unter den Füßen hatten. Nun warteten wir auf die Stewardess, die uns abholen sollte. Wir standen einige Minuten lang direkt am Eingang der Halle, aber von einer Stewardess war weit und breit nichts zu sehen. Viele Passagiere gingen an uns vorbei. Dafür blieben fünf Fluggäste bei uns stehen. Nach einer Viertelstunde wurden wir von ihnen gefragt: „Entschuldigen sie bitte, werden sie nicht von einer Stewardess abgeholt?" Ich antwortete daraufhin: „Eigentlich ja, aber bis jetzt ist niemand gekommen." Von den Passagieren neben uns erfuhren wir, dass sie in Frankfurt am Main hinter uns gestanden und gehört hatten, wohin wir fliegen und dass wir abgeholt werden sollten. Unter den fünf Passagieren, die bei uns standen, waren zwei junge Studenten aus dem Raum Stuttgart. Sie wollten über Argentinien nach Paraguay fliegen und dort ihre Semesterferien verbringen. Auch stand noch die junge Frau mit ihren zwei kleinen Kindern bei uns, mit der ich mich im Flugzeug bereits nett unterhalten hatte. Zuletzt gesellte sich noch eine Familie mit Kind zu uns. Sie wollten ebenfalls nach Paraguay und dort ihre Familie besuchen. So standen wir als Gruppe in der Halle und warteten. Es kam allerdings niemand und langsam wurde die Zeit knapp. So machten wir uns einen Plan. Die Studenten sagten: „Wir können Englisch. Wir gehen am besten zum Informationsstand und werden nachfragen, wo unser Flugzeug steht." Die Dame, welche mit ihrem Mann unterwegs war, stellte sich mir als Dolores Torres vor. Sie sagte: Ich spreche Spanisch und werde die Mitarbeiter der Airline fragen." Gesagt, getan. Inzwischen passten wir auf die Kinder auf. Unser Flugzeug mit der Flugnummer AR 1161 sollte um 23.15 Uhr abfliegen. Bis dahin waren es nur noch zehn Minuten.

Die Studenten und Dolores kamen schnell zurück und erzählten uns, dass wir auf dem falschen Terminal gelandet waren. Sie erklärten uns, dass unser Flugzeug auf dem anderen Terminal stand. Allerdings würde dorthin kein

Bus fahren. Nun hieß es, Beine in die Hand nehmen und rennen. Die Studenten liefen voraus und wir hinterher. Zwei Minuten vor dem Abflug kamen wir völlig außer Atem am Flugzeug an. Die Größe des Flugzeugs überraschte uns. Links und rechts an den Seiten waren jeweils zwei und in der Mitte gab es vier Sitzplätze. Wir zeigten der Stewardess unsere Bordkarte und sie führte uns zu unseren Plätzen. Nadine saß am Fenster und ich neben ihr. Bevor wir Platz nahmen, gaben Dolores und ich uns Zeichen, damit wir wussten, wo sie saßen. Kaum hatten wir tief Luft geholt, schloss sich auch schon die Tür des Flugzeuges und es erfolgte die Anzeige „Bitte anschnallen und das Rauchen einstellen". Kurz darauf rollte unser Flugzeug an. Die Maschine startete durch und wir hoben ab. Das Flugzeug hatte soviel Power, dass wir in die Rückenlehne des Sitzes gedrückt wurden. Nun ließen wir auch Europa hinter uns. Nachdem wir den Gurt wieder abgelegt hatten, sahen wir uns das Flugzeug etwas genauer an. Schräg vor uns war ein riesiger Bildschirm angebracht. Dort wurden Filme gezeigt. Es lief gerade ein Abenteuerfilm, natürlich in spanischer Sprache und so verstanden wir kein Wort. Nur der Handlung konnten wir in etwa entnehmen, worin es in dem Film ging. Als er zu Ende war, wurde auf dem Bildschirm eine Weltkarte gezeigt. Dort war genau die Position unseres Flugzeuges angezeigt. Nach einiger Zeit kam die Stewardess durch den Gang und bot

Essen und Getränke an. Leider verstanden wir ja kein Wort Spanisch. Deshalb nahmen wir Coca-Cola und Aqua. Da wir langsam Hunger in der Magengegend verspürten, versuchten wir uns in Englisch zu verständigen. Allerdings wieder vergeblich. Sie sprach auf Spanisch über zwei Gerichte. Beide sagten uns gar nichts. So zeigten wir auf ein Essen, welches in Folie verpackt war. Langsam war es uns egal. Als wir die Folie entfern hatten und bei einem Nachbarn auf den Tisch sahen, wussten wir, dass unsere Wahl falsch gewesen war. Denn unser Nachbar hatte ein leckeres Nudelgericht. Unseres war undefinierbar, sah aber gesund aus. Hungrig wie wir waren, probierten wir es. Es schmeckte nicht schlecht. Im Anschluss gab es wieder einen spannenden Film zu sehen, selbstverständlich wieder in spanischer Sprache. Kurz nach 1 Uhr schlief nicht nur Nadine ein. Viele andere Passagiere machten es sich in ihren Sitzen ebenfalls bequem. Ich konnte nicht schlafen. Einerseits war ich sehr aufgeregt, andererseits aber auch beunruhigt, solange wir in der Luft waren. Inzwischen war es mitten in der Nacht und der Position des Flugzeuges auf dem Bildschirm konnte ich entnehmen, dass wir uns mitten über dem Atlantischen Ozean befanden. Plötzlich sackte das Flugzeug etwas nach unten. In diesem Moment dachte ich: Jetzt ist es aus! Die Dame, welche hinter mir saß, bemerkte meine Unruhe und verwickelte mich in ein Gespräch. Sie konnte auch nicht schlafen.

Sie sprach sehr gut Englisch und erzählte mir, dass sie sehr oft flog, gerade aus der Schweiz kam und auf dem Weg in ihre Heimat Argentinien war. Sie beruhigte mich damit, dass dieses Absacken durch Luftlöcher entsteht, was völlig normal ist. Ich hoffte dennoch, dass wir bald unser nächstes Ziel erreichen würden. Das wäre Buenos Aires gewesen. „Wäre….. gewesen". Doch alles kam wieder einmal ganz anders.

Zeitweise schlief ich doch etwas. Gegen 5 Uhr morgens wachte ich aber wieder auf. Die Stewardess ging zwischen den Passagieren entlang und verteilte das Frühstück. Es gab frischen heißen Kaffee, Brötchen sowie Butter und Marmelade. Wir genossen das Frühstück und Nadine erzählte mir, dass sie gut geschlafen hatte. Inzwischen war es eine Stunde später. Der Himmel war klar und blau. Wir konnten gut die brasilianische Küste sehen. Unter uns beobachteten wir, wie große und kleine Schiffe auf die See hinaus fuhren, während andere noch an der Küste ankerten. Die Boote spiegelten sich bei dem herrlichen Wetter im Wasser. Es war ein idyllisches Bild. Plötzlich hörten wir die Stimme des Piloten. Laut Flugplan sollten wir eigentlich kurz vor 9 Uhr in Buenos Aires ankommen, aber nun diese Durchsage. Ich verstand nur etwas von Sao Paolo und Cleaning. Sao Paolo? War ich im falschen Flugzeug? Denn von der Karte wusste ich, dass Sao Paolo in Brasilien liegt. Weil ich den Piloten nicht richtig verstand, bat ich die nette Dame hinter mir, es zu übersetzen. Sie erklärte mir, dass wir in Sao Paolo zwischenlanden müssten. Dort müssten wir für eine Stunde aus dem Flugzeug steigen, damit es gereinigt und aufgetankt werden konnte.

Kurze Zeit später landeten wir.   Alle verließen nacheinander das Flugzeug. Leider verloren wir Dolores aus den Augen. So hielten wir uns an die Dame hinter uns. Wir kamen wieder an der Passkontrolle vorbei und erhielten einen Schein, den wir vor dem Einsteigen in das Flugzeug wieder abzugeben hätten. Wir vertrieben uns die Zeit, in dem wir durch die Einkaufspassagen schlenderten. Die Stunde verging sehr schnell und so stiegen wir wieder ins Flugzeug. Wir hatten gerade Platz genommen, als das Anschnallzeichen aufleuchtete.   Kurz darauf hoben wir auch schon ab. Auf dem Bildschirm sah ich, dass wir wieder in Richtung Ozean flogen. Ich dachte so bei mir: Fliegen wir zurück nach Deutschland? Ich erfuhr von der Dame hinter mir, dass wir nicht über das Land fliegen durften. Es hatte etwas mit Hoheitsrechten zu tun. So flogen wir einen Bogen an der Küste entlang. Die Aussicht war herrlich. Es ging vorbei an Montevideo und Buenos Aires. Dort musste unser Flugzeug noch einmal drehen, bevor es landen konnte. Die Sicht war fantastisch und so konnten wir die riesige Stadt bereits aus der Luft bewundern. Es war herrlich. Langsam verloren wir an Höhe und schließlich standen wir auf der Landebahn. Die Passagiere klatschten in die Hände, nahmen dann das Handgepäck aus den Fächern und stiegen aus dem Flugzeug. Dort trafen wir kurz unsere kleine Truppe aus Madrid wieder. Wir wünschten allen einen guten Weiterflug und einen angenehmen Urlaub.

Wir waren überrascht, dass der Flughafen in einer so großen Stadt so klein und übersichtlich war. Wir standen mit unserem Handgepäck in der Halle des Flughafens und hörten plötzlich, wie sich zwei Personen auf Deutsch unterhielten. Sofort wurde mein Interesse geweckt und ich schaute mich um, woher die Stimmen kamen. Ich sah zwei Studentinnen, die davon sprachen, nach Bolivien weiter zu reisen. So ging ich zu ihnen hin und sagte: „Hallo, wir sind auch aus Deutschland und wollen ebenfalls nach Bolivien." – „Toll, wir wollen zuerst nach Santa Cruz fliegen und von dort fünf Wochen Bolivien erkunden." Sie kamen aus Frankfurt am Main und wollte in ihren Semesterferien quer durch Bolivien reisen. Gemeinsam gingen wir zu einem Mitarbeiter der Argentinischen Airline und fragten nach, von wo ab unser Flugzeug starten würde. Er sah gut aus und war sehr nett. Er erklärte uns, dass unser Flugzeug mit der Flugnummer AR 1492 auf dem Gate nebenan für uns bereit stand. Wir durften bereits an Bord der Maschine gehen. Unsere Sitzplätze befanden sich in der dritten Reihe. Nadine saß wieder am Fenster. Das Flugzeug hob pünktlich um 10.40 Uhr in Argentinien ab. Bei klarer Sicht konnten wir ausgiebig die atemberaubende Landschaft bewundern. Diesen Flug genossen wir sehr. Immerhin waren wir noch nie in Amerika gewesen und es war auch nicht damit zu vergleichen, was immer im Fernsehen gezeigt wird. Irgendwie fühlten wir uns wie Kolumbus, der gerade eine neue Welt entdeckt. Es war alles so aufregend. Im Flugzeug bekamen wir von der Stewardess ein Formular ausgehändigt. Dieses sollten wir ausfüllen, um einreisen zu dürfen. Wir flogen genau zwei Stunden, bevor wir in Santa Cruz landeten. Wir stiegen aus und betraten nun bolivianischen Boden. Ein komisches Gefühl. Von einem Fließband nahmen wir nach und nach unser Gepäck. Unser Koffer drehte mehrere Runden, bis wir ihn endlich vom Band nahmen. Schließlich hatten wir alles beisammen und gingen damit an einen Tisch im Vorraum. Dort standen dicht gedrängt noch andere Passagiere, die das Formular ausfüllten. Natürlich war dieses auf Spanisch. Name und Passnummer verstanden wir noch, der Rest jedoch kam uns im wahrsten Sinne des Wortes Spanisch vor. Deshalb sahen wir bei dem Herrn nebenan auf den Zettel und kreuzten das Gleiche an wie er. Wir konnten nur hoffen, dass wir durch unsere Angaben keine Schwierigkeiten bekommen würden.

An der Tür stand ein Uniformierter, der die Formulare entgegen nahm. Nach und nach gingen die Passagiere durch die Tür und mussten ihre Koffer öffnen. Auch ich musste meinen Riesekoffer aufmachen. Mir stand der Schweiß auf der Stirn. Warum gerade mein Koffer? Hatte ich doch etwas Falsches angekreuzt? Nachdem der Koffer kurz durchsucht worden war, konnte ich ihn wieder schließen und durch die Sperre gehen. Hier sollte uns nun Karems Tante abholen. Von ihr wussten wir nichts weiter, als das sie schlank war und unsere Namen kannte. Hinter der Absperrung standen viele Menschen, die ihre Freunde, Besucher und Verwandte abholten. Nadine und ich sahen uns um und entdeckten eine schlanke Dame mit einem kleinen Zettel in der Hand. Darauf stand unser Familienname. Wir waren noch nie so froh, unseren Namen zu lesen. Sie stellte sich als Karems Tante Graciela vor und sprach Englisch mit uns. Es war sehr angenehm, sich mit ihr zu unterhalten. Sie war uns gleich sympathisch. Bevor sie mit uns in die Nebenhalle ging, sahen wir noch einmal die zwei Studentinnen. Wir wünschten uns gegenseitig einen schönen Urlaub. In der Nebenhalle kaufte Graciela für Nadineein Eis und für mich ein Mineralwasser. Wir setzten uns auf eine Bank und sie gab mir den Zettel, auf dem unser Name geschrieben stand. Ich faltete den Zettel auf und las: „Hallo Mum und Nadine, ihr habt meine Tante gefunden. Macht euch keine

Sorgen, wir sehen uns bald. Euer Flugzeug nach Sucre startet um 16 Uhr. Meine Tante weiß alles. Macht euch keine Sorgen. Bis dann. Eure Karem."

Bald würden wir Karem in unsere Arme schließen können. Alles war plötzlich so nah und natürlich. Graciela zeigte uns die nächsten Tickets. Um nach Sucre zu kommen, hatten wir ja nur zwei Möglichkeiten. Die eine war fünfzehn Stunden mit dem Bus zu fahren, die andere eine halbe Stunde mit dem Flugzeug zu fliegen. Karems Tante erklärte uns, dass wir mit der Aerosur eine halbe Stunde bis nach Sucre fliegen würden. Karem und ihre Mutti würden bereits auf dem Flughafen warten. Graciela half uns mit dem Gepäck und mit dem Einchecken. Wir verabschiedeten uns von ihr und umarmten uns.
Als wir unser Flugzeug sahen, war mein Mut fast auf dem Nullpunkt angelangt. Der Flieger sah nicht sehr vertrauenswürdig aus und ich zweifelte daran,, dass wir überhaupt abheben würden. Wir stiegen ein und unsere Plätze befanden sich gleich hinter dem Piloten. Als wir im Flugzeug standen, sahen wir, dass nur Einheimische mitreisten. Bevor wir Platz nahmen, verstauten wir unser Handgepäck in einem Fach über unseren Köpfen. Leider hatte es keine verschließbare Klappe. Nadine setzte sich auf den Fensterplatz und ich mich neben sie. Rechts von mir saß eine Bolivianerin. Ihre

Gesichtszüge sahen indianisch aus. Sie hatte lange schwarze Haare, die zu Zöpfen geflochten waren. Auch trug sie einen Hut. Wir bemerkten, dass die anderen Passagiere so ähnlich aussahen. Schließlich startete unsere Maschine und hob ab. Langsam stiegen wir höher und höher und ließen Santa Cruz hinter uns. Wir dachten, es wäre wie in Deutschland, dass man viele Orte überfliegen würde. Aber dem war nicht so. Das Land musste riesig sein. Als wir aus dem Fenster sahen, konnten wir nur große Felder, eine Straße und die Anden erblicken. Ich sagte zu Nadine: „Du, sieh mal aus dem Fenster! Jetzt müsste doch Sucre kommen." Vor uns regten nur die hohen Berge. Der Pilot steuerte mitten auf sie zu und das Flugzeug neigte sich stark nach unten, wodurch wir an Höhe verloren. Ich dachte bei mir, jetzt stürzen wir ab und sah nach den anderen Passagieren. Sie verzogen jedoch keine Miene. Es musste wohl so sein. Nachdem wir so extrem abgesunken waren, bekam ich starke Kopf- und Ohrenschmerzen. Ich merkte, wie mir das Blut in die Ohren schoss.

Kurz darauf setzte unser Flugzeug zur Landung an. Es war nur eine kurze Landebahn und ich war froh, dass wir endlich wieder festen Boden unter den Füßen hatten. Wir stiegen aus und sahen uns um. Vor uns war ein flaches Gebäude, in das alle Passagiere gingen. Also nichts wie hinterher. Gleich hinter der Tür war so eine Art Förderband, auf dem das Gepäck seine Runden drehte. Wir sahen erst einmal zum Fenster hinaus zu unserem Gepäck und beobachteten, wie es vom Flugzeug auf einen Transportwagen gelegt wurde. Also würden wir es gleich bekommen. Es war ein heilloses Durcheinander vieler Menschen. Alle warteten auf ihr Gepäck. Einige Bettler kamen auf uns zu und redeten in einer fremden Sprache auf uns ein. Wir verstanden kein Wort. Wie es aussah, wollten sie unser Gepäck tragen. Wir nahmen es vom Band und sahen uns nach Karem um. Wie ihre Mutti aussah, wussten wir ja nicht. Hinter der Glasscheibe entdeckten wir sie. Allerdings mussten wir zweimal hinschauen. Sie hatte jetzt kürzere Haare. Karem nahm zuerst Nadine in die Arme und dann mich. Sie stellte uns auch ihre Mutti vor. Sie war sehr nett und sprach uns an, aber wieder einmal verstanden wir überhaupt kein Wort. Wir waren so glücklich, Karem wiederzusehen. Gemeinsam trugen wir das Gepäck auf den Parkplatz, der sich vor dem Flugplatz befand. Dort verstauten wir alles im Jeep. Nadine und ich saßen im hinteren Teil des Autos und los ging es.

11. Kapitel

Während der Fahrt staunten wir über das Wetter. Karem hatte ja erzählt, dass jetzt in Bolivien Winter war. Das verwunderte uns, denn die Sonne schien. Es war lediglich etwas kühl. Wir betrachteten die Gegend. Es gab nur eine Straße und rings herum Berge. Sie waren sehr hoch und alles schien sehr trocken zu sein. Die Temperaturen waren aber angenehm. Wir konnten es einfach nicht glauben, dass das in Bolivien Winter sein sollte. Nachdem wir fünf Kilometer gefahren waren, sahen wir die Stadt Sucre. Karem erzählte uns, dass man Sucre auch die „Weiße Stadt" nennt, da die Häuserfassaden fast alle weiß sind. Viele Häuser sind im spanischen Kolonialstil erbaut worden. Karems Familie wohnte in einem schönen Haus am Stadtrand. Vor dem Tor stiegen wir aus dem Auto und wurden an der Tür auch schon von Karems Schäferhund Denk begrüßt. Auf der Türschwelle stand Karems Vater Arturo, der uns ebenfalls begrüßte. Das Gepäck nahmen wir aus dem Auto und stellten es erst einmal im Flur ab. Die Familie zeigte uns die einzelnen Zimmer. Ein sehr schönes Haus. Unser Zimmer lag im oberen Teil. Es war hübsch eingerichtet und mit einem Doppelbett ausgestattet. Gegenüber stand ein großer Schrank mit Schiebetüren. Karem sagte: „Packt in Ruhe die Koffer aus und danach zeige ich euch Sucre." Wir waren begeistert und stimmten sofort zu, obwohl ich starke Kopf- und Ohrenschmerzen hatte. Wir gingen die Treppen hinunter und holten unser Gepäck. Wieder oben angekommen, packten wir unsere Sachen aus und verstauten alles im Schrank.

Kurze Zeit später stand Karem wieder mit ihrer Mutti auf der Türschwelle. Ihre Mutti hatte für mich einen Coca-Mate-Tee gegen meine Kopfschmerzen gekocht. Sie hielt eine Tasse in der Hand und übergab sie mir. Freudig nahm ich ihr die Tasse aus den Händen. Der Tee war sehr heiß, so dass ich erst einmal vorsichtig daran nippte. Er schmeckte sehr gut und es dauerte nicht lange, bis die Schmerzen vergingen. Während ich trank, sagte Nadine zu Karem: „Mach doch mal die Tasche auf!" Neugierig und vorsichtig zog Karem am Reißverschluss. Plötzlich wurden ihre Augenganz groß und feucht. Sie griff mit beiden Händen in die Tasche und hielt ihren Teddy in den Armen. Sie knuddelte ihn liebevoll und erzählte ihren Eltern, dass sie ihn zu Weihnachten bekommen hatte. Ich hatte gerade meinen Tee ausgetrunken, als Karem sagte: „ Kommt, ich zeige euch etwas von Sucre." Ich nahm meine Umhängetasche und den Fotoapparat und folgte Nadine sowie Karem die Treppe hinunter.

Wieder stiegen wir ins Auto und fuhren in Richtung Stadtzentrum. Unterwegs kamen wir an den unterschiedlichsten Häusern vorbei. Es gab viele einfache und ärmlich aussehende Hütten, die sich vermehrt am Ortsrand befanden. Je weiter wir in Richtung Zentrum kamen, desto größer und imposanter wurden die Bauten. Karem erzählte uns, dass viele Gebäude im spanischen Stil errichtet worden waren. Mitten im Zentrum befand sich der

Plaza, ein riesiger quadratischer Park mit Bänken und Palmen. Karem parkte das Auto in einer Nebenstraße. Wir stiegen aus, nahmen Tasche und Kamara und gingen auf Entdeckungstour. Im Zentrum des Plaza stand ein Denkmal zu Ehren von Antonio Josè de Sucre. Er kämpfte an der Seite mit Bolivar um die Unabhängigkeit Boliviens. Karem berichtete uns, dass Bolivar der erste Präsident Boliviens war. Die Stadt wurde dann nach Antonio de Sucre benannt. Den Sockel des Denkmals zierten zwei große liegende Löwen. Der Plaza ist ein Treffpunkt für Jung und Alt. Dort saßen Studenten mit Büchern unter dem Arm und auch ältere Menschen, die sich einfach nur ausruhten. Auch waren viele Mütter mit ihren Kindern zu sehen. Wir fiel auf, dass alles sehr sauber war. Nirgendwo lag etwas herum.

Als wie so saßen, bemerkten wir einen Mann, der am Plaza seine Runden drehte. Er schob eine Art Wagen vor sich her. So etwas hatte ich bisher noch nicht gesehen. Unterhalb lagen in einem Korb frische Orangen und oben war eine Presse angebracht. Daneben gab es ein Tablett, auf dem saubere Gläser standen. Karem erklärte uns, dass wir so frisch gepressten Orangensaft bekommen könnten. Neugierig wie wir waren, probierten wir es einfach aus. Er gab jedem von uns ein Glas mit frischem Orangensaft. Als ich bezahlte, staunte ich nicht schlecht. Der Saft kostete fast nichts und schmeckte hervorragend. Als wir ausgetrunken hatten, nahm er uns die leeren Gläser aus der Hand und drehte weiter seine Runden.

Nach dieser Erfrischung spazierten wir mit unserer Kamera um den Plaza herum. Zuerst fiel uns die Kathedrale auf. Sie befand sich gleich hinter dem Park. Sie war wie die meisten Gebäude ganz in weiß gehüllt und oben waren Glocken angebracht. Es war sehr interessant und natürlich machten wir unsere ersten Fotos. Karem erzählte, dass uns ihre Familie alles noch genau zeigen würde. Wir setzten unseren kleinen Rundgang fort. Überall standen große Gebäude, die Banken, Pizzarias, Geschäfte und Museen beherbergten. Es war schon sehr beeindruckend. Plötzlich begannen wir zu frieren, da sich das Wetter schnell abgekühlt hatte. Kein Wunder, denn in Bolivien war gerade Winter und die Temperaturen konnten sich an einem Tag drastisch ändern. Als wir in Sucre ankamen, war es so warm, dass wir uns in einem T-Shirt wohl gefühlt hatten, aber jetzt am Abend wurde es plötzlich sehr kalt. Also gingen wir zurück zum Auto und fuhren zurück zu Karems Familie.

Nachdem das Auto wieder in der Garage stand, gingen wir gemeinsam in die Küche. Dort hatte ihre Mutti bereits den Tisch gedeckt. Als wir alle am Küchentisch saßen, hieß man uns noch einmal herzlich Willkommen. Wir sollten uns wie zu Hause fühlen. Karems Familie war sehr nett. Ihr Vati sprach gut Englisch und wir versuchten uns zu unterhalten. Er arbeitete für die Stadt.

Karems Mutter hingegen war Hausfrau. Also würden wir die meiste Zeit mit ihr verbringen. Sie sprach und verstand nur Spanisch. Wir würden uns also wieder mit Händen und Füßen unterhalten müssen. Aber darin waren wir ja bereits geübt. Karen hingegen würde jeden Tag in der Uni sein, um Außenhandel zu studieren.

Marcela hatte für uns Tee gekocht. Da wir nun in einem Spanisch sprechenden Land zu Gast waren, bemühten wir uns, die Sprache ein wenig zu lernen. Ständig fragten wir, wie man dieses oder jenes auf Spanisch sagte. Beim Tee war es einfach. Der heißt genauso wie im Deutschen. Zum Tee gab es flache runde Brötchen. „Das sind Pan," sagte Karem. Mit dem Aufschneiden der Pan hatten wir so unsere Probleme, weil sie sehr flach waren. Beim ersten Versuch hatte die untere Hälfte des Brötchens in der Mitte ein großes Loch. Auf dem Tisch standen noch leckere Salate, etwas Wurst und Käse. Großen Hunger hatten wir allerdings nicht, da wir in jedem Flugzeug viel zu Essen bekommen hatten. Während wir aßen, wurden wir mit Fragen überhäuft. So wurden wir über unsere Reiseerlebnisse befragt, weil Karem ja wusste, dass wir weder Spanisch konnten noch Flugerfahrung besaßen. Weiterhin erinnerte sie sich lebhaft daran, was sie alles bei uns erlebt hatte und wie das Austauschjahr in Deutschland gewesen war.

Es dauerte nicht lange, bis uns die Müdigkeit übermannte. Immerhin waren wir zwei Tage unterwegs gewesen und einfach nur glücklich, dass wir endlich wieder mit Karem zusammen waren. Nachdem der Tisch abgeräumt war, gingen wir alle die Treppe hinauf. Gleich das erste Zimmer auf der linken Seite war das Schlafzimmer ihrer Eltern. Nebenan befand sich das Badezimmer. Es war sehr geräumig. Auf der rechten Seite war Karems Zimmer und gleich daneben unseres. Wir umarmten uns, wünschten uns eine gute Nacht und bekamen zur Antwort : „Buenos Noches." Nadine und ich gingen in unser Zimmer, holten unser Schlafzeug und machten uns fertig für die Nacht. Als wir im Bett lagen, las ich noch zwei Seiten in meinem Buch, bis mir die Augen zufielen und ich einschlief.

12. Kapitel

Am nächsten Morgen wurde ich von den ersten Sonnenstrahlen geweckt. Als ich auf die Uhr sah, war es etwa 8. Ich schwang mich aus dem Bett und ging erst einmal zum Fenster, um hinaus zu sehen. Ich erblickte einen großen Garten mit viel Rasen. Er sah allerdings sehr trocken aus. Dahinter war ein großer Platz stand ein abstraktes Monument. In der näheren Umgebung luden Bänke zum ausruhen ein und viele Hunde tollten wild miteinander herum.

Nach einer Weile ging ich zur Tür und sah flüchtig hinaus. Als ich niemand erblickte, nahm ich meine Sachen und ging ins Bad. Ich duschte ausgiebig und fühlte mich wie neugeboren, in einer anderen Welt. Als ich wieder in unser Zimmer kam, stand Nadine auch schon auf und ging ins Bad. Als sie fertig war, gingen wir gemeinsam frühstücken. Marcela arbeitete bereits in der Küche und Karem saß am Tisch und aß. Wir lächelten uns an und begrüßten uns mit „Buenos Dias". Nach dem Frühstück teilte uns Karem mit, dass sie zur Universität müsse, aber wir uns zum Mittagessen sehen würden. Sie übersetzte uns noch kurzeinige Worte ihrer Mutti. Sie wollte in die Stadt fahren und einkaufen und fragte nun, ob wir mitkommen wollten. Natürlich wollten wir das gerne und sagten zu.

Nun begann das „Vergnügen", uns zurecht zu finden. Tassen und Teller stapelten sich im Küchenschrank. Karems Mutti öffnete den Kühlschrank und sprach plötzlich von Leche, Pan und Mantequilla. Ich fragte ganz verwundert: „Tequila zum Frühstück?" Daraufhin antwortete sie lächelnd: „No, no, no Tequila. *Mantequilla*." Und Mantequilla ist im Spanischen die Butter. Sie schmeckte zwar nach nichts, aber wenigstens hielt die Wurst darauf. Nachdem wir mit dem Frühstück fertig waren, räumten wir unser Geschirr ab.

Marcela war schon zum Einkauf bereit und erwartete uns. Also ging ich schnell mit Nadine nach oben und wir zogen uns um. Da es warm war, trugen wir über unseren Jeans T-Shirts. Wir nahmen unsere Taschen und Kamera und trabten hinunter zum Auto, wo Marcela bereits auf uns wartete. Kaum saßen wir im Auto, fuhr sie auch schon los. Erst fuhren wir bergauf, wo wir an vielen alten Häusern vorbei kamen. Überall liefen Hunde auf der Straße herum. Die Autofahrt war wie eine Berg- und Talbahn. Das lag daran, dass Sucre mitten in den Vorgebirgen der Anden liegt. Wir fuhren wieder in die Nähe des Plaza und Marcela parkte das Auto. Als wir ausstiegen, verstand ich nur etwas von Kathedrale und danach sagte sie nur noch „Vamos!" Ich wusste nur, dass das „Los!" heißt. Nur wohin wir gingen, war uns schleierhaft.

Nach einigen Minuten standen wir vor der Kathedrale, an der wir am Vortag mit Karem gewesen waren und gingen hinein. Dort wurde eine Führung in mehreren Sprachen angeboten. Damit hatte ich nicht gerechnet. Die Kathedrale war atemberaubend schön, sehr hoch und reich mit Gold und Silber verziert. Wie gebannt betrachteten wir einige ihrer Kunstschätze. Wir erfuhren, dass sie 1559 erbaut und das Haupttor im Barockstil in Stein gemeißelt wurde. In der Kathedrale befanden sich viele berühmte Kirchengemälde aus Gold und Silber. Der Turm war mit einer Uhr aus England und mit einer großen und vier kleinen Glocken versehen. Außerdem war der Turm mit den zwölf Aposteln und vier Evangelisten verziert.

Neben der Kathedrale befand sich die Kapelle der Jungfrau von Guadalupe, erbaut 1617. Dahin hing ein gemaltes Bild von der Jungfrau in Lebensgröße. Von der Reiseführerein erfuhren wir, dass die Spanier das Bild mit Edelsteinen, Gold und Silber verziert hatten. Auf dem Gewand waren viele Perlen, große Smaragde, Brillanten und Diamanten angebracht. Der Anblick war einfach überwältigend. Jedes Jahr wird dort im September zu Ehren der Jungfrau ein Fest mit bunten Straßentänzen gefeiert.

Nach dem Besuch der Kathedrale überquerten wir den Plaza und gingen in ein Einkaufszentrum. Wir holten uns einen Einkaufkorb und gingen hinein. Es war nicht sehr groß. Wir waren neugierig auf die Produkte und musterten die Regale. Marcela kaufte Lebensmittel ein und Nadine sowie ich sahen uns alles ganz genau an. Wir versuchten anhand der Abbildungen oder des Inhaltes herauszufinden, um was es sich handelte.

Nachdem der Einkauf erledigt war, brachten wir alles ins Auto. Nun nahmen wir an, dass Marcela mit uns nach Hause fahren würde, aber das war ein Irrtum. Wir folgten ihr durch einige Straßen, die wir bisher nicht kannten. Unterwegs sahen wir viele kleine Geschäft. Davor saßen oft Einheimische mit langen schwarzen, geflochtenen Haaren und einem Hut auf dem Kopf. Sie verkauften Brötchen und Eier. Marcela sagte nur wieder „Vamos!," und weiterging es kreuz und quer, bis wir eine lange Straße erreicht hatten, die leicht bergab ging. An der linken und rechten Seite standen LKW`s soweit das Auge reichte. Davor stapelten sich Kisten mit allerlei Obst. Mittendrin saßen Frauen und gaben den Leuten Früchte zum Probieren. Marcela gab uns etwas Obst in die Hand und wir kosteten es. Es schmeckte herrlich saftig und süß. Ganz anders als bei uns in Deutschland. Wir kauften jede Menge Früchteein und jeder von uns trug eine Tasche davon zurück zum Auto. Als wir alles soweit verstaut hatten, fuhren wir zurück zum Haus. Dort trugen wir die Einkäufe in die Küche, wo sie auch gleich in den Schränken untergebracht wurden. Schnell bereitete Marcela das Mittagessen zu. Ich versuchte, ihr etwas zu helfen und schälte Kartoffeln. Es gab ein Pfannengericht. Inzwischen trafen auch Karem und Arturo zum Mittagessen ein. Wir deckten mit Karem in der Wohnstube den Tisch. Danach trugen wir das Essen hinein und nahmen Platz. Ich saß zwischen Marcela und Karem. Das Essen schmeckte gut und Karem fragte uns, was wir unternommen hatten. Ich erzählte es ihr und wunderte mich, dass die Bananen dort so klein und bräunlich waren. Bei uns in Deutschland gibt es ja immer die großen gelben Bananen. Sie erklärte uns, dass „Chiquita" übersetzt „die Kleine" heißt. Wir sollten sie unbedingt probieren, was wir natürlich auch taten. Die Überraschung war groß. Sie schmeckten sehr gut und süß. Diese „Gelben" sind ja nicht richtig reif, erklärte man uns.

Während des Tischgespräches erfuhren wir, dass Karem nach dem Essen noch Hausaufgaben machen musste und danach wieder bis 20 Uhr in der Uni Unterricht hatte. Ihr Vati musste auch bis zum Abend arbeiten. Das war in Bolivien der normale Alltag. Am Tisch fragte uns Marcela etwas, wovon ich nur „Libertad" verstand. Karem übersetzte es uns. Ihre Mutti fragte uns, ob wir Lust hätten, mit ihr in das „Haus der Freiheit" zu gehen. Auf Spanisch heißt es „La Casa de la Libertad". Natürlich nahmen wir das Angebot gern an. Sie sagte uns noch, dass es nachmittags oft kühl werden würde und wir uns besser etwas Warmes anziehen sollten.

Nach dem Essen ging Karem in ihr Zimmer und wir halfen Marcela beim Abwasch. Anschließend gingen wir nach oben, um uns einen Pullover überzuziehen. Nadine wollte Ansichtskarten kaufen und ich musste zur Bank unser Geld umtauschen, da wir ja nur D-Mark und Dollar besaßen. Gemeinsam schmiedeten wir Pläne, was wir alles holen wollten. Kurze Zeit später schaute Karem herein und lächelte. Wir erzählten ihr, was wir so geplant hatten und sie berichtete es ihrer Mutti. Da wir mit dem Auto in die Stadt fuhren, brachten wir Karem auch gleich zur Universität. Nachdem sie ausgestiegen war, fuhr Marcela mit uns wieder zum Plaza, den wir ja bereits kannten. Das

„Haus der Freiheit" war ein großes weißes Haus im spanischen Stil, dass sich am anderen Ende des Plaza befand. Wir traten durch das Tor und gleich dahinter konnten wir bei einem Pförtner die Eintrittskarten erwerben. Nun standen wir im Innenhof. Mittendrin befand sich ein Springbrunnen und die Seiten des Innenhofes waren mit weißen Säulen geschmückt. Um die Säulen führte ein mit Mosaiksteinen gepflasterter Weg rings um den Innenhof. Wir folgten Marcela, die links an den Säulen entlang ging. Sie sprach eine Dame an und kam kurz darauf zu uns zurück. Wir warteten auf irgendwen oder irgendwas. Nach einigen Minuten kam eine junge Frau von Anfang Zwanzig lächelnd auf uns zu. Sie hatte schulterlanges, dunkles Haar und trug einen dunkelbraunen Hosenanzug. Als sie uns erreichte, sprach sie uns auf Deutsch an und stellte sich als Mariela vor. Sie war Karems Cousine und arbeitete in dem Museum. Sie umarmte uns herzlich zur Begrüßung und erzählte, dass sie Touristen durch das Museum begleitete und Führungen in mehreren Sprachen anbot. So erfuhren wir von ihr, dass der Innenhof in dem wir standen, ein wichtiges historisches Nationalmonument war. Er wurde 1825 als Privatkapelle der Jesuiten erbaut und diente als Hörsaal. Auch die Freiheitserklärung Boliviens wurde hier unterzeichnet. Gemeinsam gingen wir in das Museum hinein. Dort waren viele Gegenstände, Gerätschaften und

Dokumente der Freiheitsbewegung ausgestellt, die von großem historischen Wert waren. Im Hauptsaal hingen Bilder von Simon Bolivar, Josè Ballivan und Marschall Antonio Josè de Sucre. Sie waren bolivianische Freiheitskämpfer. Dort waren auch ein geschnitzter und vergoldeter Chor, sowie Fotokopien von den Dokumenten der Freiheitserklärung zu sehen. Mariela erklärte und zeigte uns alles im Museum. Als neue Touristen eintrafen, hatte sie jedoch leider keine Zeit mehr für uns. Dafür lud sie uns einfach für den nächsten Tag zu sich und ihrer Mutti nach Hause ein. Wir verabschiedeten uns mit einer herzlichen Umarmung. Dann verließen wir voller Vorfreude auf den nächsten Tag das Museum und gingen zurück zum Auto. Von dort fuhren wir zurück zum Haus.

Inzwischen war es draußen dunkel und kalt und so freuten wir uns auf das warme Heim. Während Marcela Tee kochte, deckten Nadine und ich den Tisch. Wir setzten uns und aßen. Die Zeitumstellung machte uns noch etwas zu schaffen und das Essen war auch ungewohnt. Während wir am Tisch aßen, kam Karem herein und setzte sich zu uns. Dann fragte sie Nadine: „ Heute Abend treffe ich mich mit Freunden zu einer Party. Willst Du mitkommen?" Nadine war happy und sagte sofort zu. Beide gingen die Treppe hoch, um sich für die Party umzuziehen. Während ich das Geschirr abwusch, telefonierte Marcela. Leider verstand ich überhaupt nichts. In diesem Moment bereute ich, dass ich nicht in der Zeit, als Karem bei uns war, Spanisch gelernt hatte. Es hätte sich angeboten und die Verständigung leichter gemacht. Nun nahmen wir beide unsere Wörterbücher zur Hand und suchten die entsprechenden Vokabeln heraus.

Kurze Zeit später klingelte es plötzlich an der Haustür. Als Marcela die Tür öffnete, stand eine gut aussehende Frau in meinem Alter vor der Tür, die sie herzlich begrüßte. Marcela stellte sie mir als ihre Schwägerin Magela vor. Ich freute mich sehr, weil ich mich mit ihr in Englisch unterhalten konnte. Das verstand ich jedenfalls besser als Spanisch. Sie sagte mir, dass wir gleich losfahren und uns noch mit jemand treffen würden. Jetzt war ich aber neugierig. Sie wartete auf uns, während wir uns anzogen und Handtasche sowie Fotoapparat schnappten. Einige Minuten später saßen wir in Magelas Auto und fuhren los. Ich wusste ja überhaupt nicht, wohin es gehen würde. So ließ ich mich einfach überraschen.

13. Kapitel

Magela war sehr nett und erzählte mir während der Fahrt, dass sie in einem Hotel arbeitete. Dieses Mal fuhren wir am Plaza vorbei und in einer schmalen Straße hielt sie das Auto an und hupte. Sie stieg aus und klingelte. Inzwischen waren auch Marcela und ich ausgestiegen. Aus

dem Haus kam eine hübsche Frau mit einem Lächeln auf dem Gesicht. Sie sprach Deutsch und sagte zu mir: „Guten Abend, mein Name ist Evie. Wie geht es Ihnen?" Ich war völlig überrascht und das aus zwei Gründen. Zum einen war ich verblüfft, dass sie Deutsch sprach und zum anderen über das förmliche „Sie." Ich fragte, warum sie mich siezte und bat darum, mich doch bitte wie alle anderen auch mit `du` anzusprechen. Sie antwortete nur: „Ja, gerne." Sie stammte eigentlich aus Indonesien, hatte aber in München Deutsch und Pädagogik studiert. Heute arbeitet sie beim Goethe-Institut als Deutschlehrerin. Wir stiegen wieder ins Auto und ich teilte mir mit Evie die hinteren Sitze. Magela fuhr wieder los und bog zwei Straßen weiter ab. Ich war sehr froh, dass ich mich mit Evie Deutsch unterhalten konnte und fragte sie, wohin wir eigentlich fahren würden. Sie sagte mir, dass wir auf dem Weg zu einem deutschen Cafè wären. Nachdem wir zwei Kreuzungen passiert hatten, fuhr Marcela das Auto an den rechten Straßenrand und parkte. „Wir sind da. Das ist das deutsche Cafè," sagte Evie. Ich hätte nie vermutet, dass es in Bolivien ein deutsches Cafè gab.
Wir betraten das Cafè. Es war sehr voll im Raum und Marcela ging voran an einen noch freien Tisch, der am Fenster stand. Ich saß neben Magela und Evie saß mir gegenüber. Ich sah mich in dem Cafè um. Alles war sehr einfach, aber dennoch gemütlich eingerichtet. An den

Wänden hingen Fotos von Stan Laurel, Oliver Hardy und anderen Schauspielern. Es dauerte nicht lange, bis uns ein Kellner die Karte brachte. Da wir alle schon zu Hause zu Abend gegessen hatten, wollten wir nur gemütlich zusammen sitzen und etwas trinken. Ich verstand sowieso nichts. Während Marcela und Magela darüber sprachen, was sie trinken wollten, erklärte mir Evie, was alles auf der Karte stand. Sie empfahl mir, ein Gemisch aus Frucht und Milch zu nehmen. Ich erfuhr, dass das Wasser dort teilweise sehr unsauber war und Krankheiten verursachen konnte. Aus diesem Grund entschieden wir uns alle für ein Milchgetränk. Da ich mit Früchten wie Chirimoya nichts anzufangen wusste, bestellte ich das selbe wie die anderen und ließ mich einfach überraschen. Nach einigen Minuten bekamen wir unsere Bestellung und prosteten uns zu. Alle sagten zu mir „Salut" und ich erwiderte es. Evie erklärte mir, dass es „Gesundheit" bedeutet und Chirimoya eine Kaktusfrucht sei. Ich war nach dem ersten Schluck überrascht, wie gut es schmeckte. Ich sagte es Evie und sie übersetzte meine Worte für Marcela und Magela. Natürlich waren wir alle neugierig. Ich auf Bolivien und Karems Familie auf mich. So wurden mir viele Fragen gestellt. Marcela wollte wissen, was Karem alles in Deutschland erlebt hatte, was Nadine machte und so weiter. Evie erwies sich als sehr gute Übersetzerin. Es gab sehr viel zu erzählen und so blieben wir bis kurz vor

Mitternacht in Cafè. Anschließend wollte ich mir gern noch die Beine vertreten. Also spazierten wir vom Cafè zum Plaza. Es war erstaunlich, wie viele Menschen dort noch unterwegs waren. Die brennenden Laternen und die Palmen rings um den Plaza hatten auf mich eine ganz besondere Wirkung. Ich fühlte mich in eine Märchenwelt versetzt. Die Luft war frisch und angenehm und am Himmel leuchteten die Sterne. Als ich hinauf sah, hatte ich das Gefühl, dass sie größer waren als bei uns.

Wir bummelten rund um den Plaza, vorbei an Cafè und Bistros. Inzwischen war es Mitternacht geworden und ich wurde müde. Evie schlug vor, nach Hause zu fahren, da sie in einigen Stunden auf der Arbeit sein musste. Das kam mir gerade recht. So gingen wir alle zurück zum Auto und fuhren zuerst Evie nach Hause. Als wir dort ankamen, verabschiedeten wir uns herzlich von ihr und wünschten eine gute Nacht. Als sie ihre Haustür geschlossen hatte, fuhr uns Magela bis fast vor die Tür. Auch wir verabschiedeten uns und stiegen aus dem Auto. Nun fuhr Magela zu sich nach Hause. Marcela und ich gingen nur ein paar Minuten einige Stufen hinunter und an dem Monument vorbei bis zu ihrem Haus. Als Marcela die Tür öffnete, wurden wir von dem Schäferhund begrüßt. Marcela nahm mich an die Hand und lachend gingen wir die Stufen hinauf in die obere Etage. Links aus dem Zimmer hörten wir Arturos Stimme. Er hatte sicher schon gewartet. Marcela sprach kurz mit ihm und ich sagte hallo. Karem und Nadine waren noch nicht da, aber ich beschloss ins Bett zu gehen. So wünschte ich Marcela und Arturo eine gute Nacht. Wir umarmten uns und ich ging kurz darauf ins Bad. Als ich fertig war, hörte ich, wie Karem und Nadine nach Hause kamen. Wir trafen uns im Flur. Karem ging gleich ins Bett und es dauerte nicht lange, da kam auch Nadine in unser Zimmer. Ich war natürlich neugierig, wie die Party gewesen war. Sie antwortete: „Toll, ich habe Freunde gefunden, aber so gut wie nichts verstanden. Wir haben Musik gehört und getanzt." Dann fielen mir auch schon die Augen zu.

15. Kapitel

Am nächsten Morgen wachte ich früh auf. Wie immer schlief Nadine noch. Als ich aus dem Bad kam, weckte ich meine Tochter, um gemeinsam frühstücken zu gehen. Außerdem wollte wir mit Karem sprechen, ob Marcela an diesem Tag irgend etwas mit uns vor hatte. In der Küche trafen wir Karem und ihre Mutti. Arturo war schon zur Arbeit gegangen und Karem aß bereits. Wir begrüßten uns und Marcela deckte für und den Tisch. Karem erzählte mir, dass ihre Mutti mit uns ein berühmtes Kloster und ein Museum besuchen wollte. Am Abend sollte es dann gemeinsam mit Karem und Magela auf den Alasitasmarkt gehen. Wir freuten uns sehr darauf. Kurze Zeit später waren wir mit dem Frühstück fertig und räumten das Geschirr ab. Marcela zeigte auf ihre Uhr und versuchte mit Händen und Füßen zu erklären, dass wir gleich losfahren würden. Wir verstanden und gingen in unser Zimmer, um uns umzuziehen. Dann nahm ich meine Umhängetasche und die Kamera. Anschließend gingen wir hinunter, wo Marcela bereits auf uns wartete.

Wir stiegen ins Auto und los ging es wieder in Richtung Plaza. Der Weg war uns mittlerweile so vertraut, dass wir planten, am nächsten Tag einmal zu Fuß die Stadt zu erkunden. Marcela fuhr die Hauptstraße entlang, am Plaza vorbei in Richtung Anden. So fuhren wir etwa eine halbe Stunde, bis wir auf einer Anhöhe ein Kloster erblickten. Gleich nebenan war ein kleiner Platz, wo Besucher die Autos abstellen konnten. Marcela parkte das Auto und wir stiegen aus. Es führte ein schmaler Weg bis an das Tor des Klosters. Es war von Mauern umgeben und sah sehr alt aus. Wir gingen auf das hölzerne Tor zu, öffneten es und traten hindurch. Gleich links hinter der Tür stand ein kleines Gebäude mit einem Schalter, wo die Eintrittskarten verkauft wurden. Wir bezahlten die Tickets und bekamen noch einen mehrsprachigen Prospekt über das Kloster dazu. Nun bestätigte sich meine Vermutung über das Alter des Gebäudes, denn das Franziskanerkloster wurde bereits 1600 erbaut. Ich hatte das Gefühl, dass sich Marcela hier gut auskannte und wir ließen uns von ihr führen. Zuerst zeigte sie uns einen wunderschönen Garten. Mittendrin stand ein sehr alter Zedernbaum. Im Prospekt stand, dass er 100 Jahre alt war. Beeindruckend. Anschließend gingen wir weiter in das Innere des Klosters. Dort gab es noch weitere Sehenswürdigkeiten. Wir sahen ein aus Zedernholz geschnitztes Chorgestühl. Es war einmalig und sehr aufwendig hergestellt worden.

Marcela führte uns in weitere Räume. Dort hingen unterschiedliche Gemälde an den Wänden und in Vitrinen waren wunderschöne Skulpturen, Goldschmiedearbeiten, Münzen und archäologische Funde zu bestaunen. Bei dem Besuch vergaßen wir fast die Zeit, weil uns so vieles interessierte und wir davon Fotos machen wollten. Inzwischen war es fast Mittag geworden. Marcela gab uns zu verstehen, dass wir zum Essen nach Hause mussten, indem sie wieder „Vamos!" rief. Also verließen wir das Kloster mit vielen neuen Eindrücken, stiegen ins Auto und fuhren zurück zu Marcelas Haus.

Karem und Arturo waren noch nicht wieder zurück. Während Nadine im Garten mit dem Hund spielte, half ich Marcela etwas in der Küche beim Kochen. Das war für mich nicht so leicht, weil ich ja nicht verstand, was sie kochte oder wollte. So verarbeitete Marcela das Fleisch und schob mir Brettchen und Messer zu, damit ich eine Zwiebel schneiden und das Gemüse zerkleinern konnte. Wir kamen gut mit der Arbeit voran. Allerdings wurde das Essen nicht wie bei uns gekocht, sondern alles in einer großen Pfanne geschmort. Als Nachspeise gab es frisches Obst. Wir waren fast fertig mit dem Kochen, als Karem und Arturo nach Hause kamen. Wir begrüßten uns alle und freuten uns. Karem sagte zu mir: „ Mum, ich komme gleich wieder. Ich ziehe mich nur um und dann decken wir gemeinsam den Tisch." Ich sagte: „Ich freue mich schon." Einige Minuten später stand sie schon wieder in der Küche. Zuerst rief sie Nadine herein. Dann gab sie uns Servietten und Besteck, die wir in die Wohnstube brachten. Marcela tat in der Küche das Essen auf die Teller und sagte zu jedem Einzelnen „para Karem", „para Arturo" und so weiter. Karem erklärte uns, dass es hieß, für wen der Teller jemals war. Also trugen wir alles in die Stube und nahmen dann selbst Platz. Während des Essens unterhielten wir uns darüber, was wir alles gesehen und erlebt hatten. Karem wollte gern mit ihrer Mutti, Magela und uns das Characasmuseum besuchen und dann mit uns zum Alasitasmarkt gehen. Wir freuten uns schon sehr darauf.

Nach dem Essen gingen Karrem und Nadine kurz nach oben, um zu plaudern. Inzwischen wuschen Marcela und ich das Geschirr ab. Danach gingen auch wir nach oben und zogen uns um. Vor der Tür wartete bereits Magela auf uns. Gemeinsam stiegen wir in ihr Auto und fuhren in die Stadt. Magela stellte das Auto in einer Seitenstraße des Plaza ab. Ich staunte nicht schlecht, als ich sah, dass sich das Characasmuseum direkt am Plaza befand. Ich hatte es bisher nicht bemerkt, obwohl es in einem dieser beeindruckenden spanischen Kolonialbauten untergebracht war. Im Museum gab es sehr große Räume, in denen Vitrinen standen. Karem erzählte uns, dass es mehrere Abteilungen gab. Als wir näher kamen sahen wir in der ersten Halle bemalte Vasen und Masken aus der Kolonialzeit, die dort ausgestellt waren. Wir blieben lange davor stehen und Marcela sowie Magela erklärten abwechselnd, während Karem für uns übersetzte.

Nachdem wir in diesem Raum alles besichtigt hatten, gingen wir durch die Tür in den nächsten. Dort waren archäologische Funde ausgestellt. Es war sehr aufregend, mehr über die alten Inkas zu erfahren und zu sehen. Dort hielten wir uns am längsten auf und konnten uns kaum davon lösen, so beeindruckt waren wir. Im letzten Saal gab es allerlei über Folklore zu bestaunen. Überall standen Figuren mit Ponchos in den unterschiedlichsten Farben und Mustern. Auch die Kopfbedeckungen waren verschieden. Karem erzählte uns, dass die Einheimischen je nach ihrer Region unterschiedliche Farben trugen. Das erinnerte mich an die regionalen Trachten bei uns in Deutschland. So viel anders sind die Bolivianer gar nicht, trotz aller offensichtlichen Unterschiede.

Als ich auf die Uhr sah, war es bereits Nachmittag geworden. Bevor wir das Museum verließen, nahmen wir uns zur Erinnerung noch einige Prospekte über diese Sehenswürdigkeiten mit. Draußen teilte uns Karem mit, dass wir jetzt zum Alasitasmarkt gehen würden. Sie freute sich riesig darauf, ihn uns zu zeigen. Dieser Markt wird jedes Jahr zu Ehren der Jungfrau del Carmen gefeiert. Dort soll man sogar Häuser, Autos oder Geld in Miniformat kaufen und diese an Freunde verschenken können. Diese werden dann von einem Einheimischen gesegnet und wenn man fest daran glaubt, sollen diese Geschenke dann groß werden. Da staunte ich nicht schlecht und war gespannt, was mich dort noch alles erwarten würde.

Vom Plaza aus gingen wir zu Fuß am Park Bolivar vorüber und überquerten mehrere Straßen. Überall standen Bauern und Einheimische, die Käse, Eier, Schmuck oder Textilien verkauften. Nachdem wir fast eine halbe Stunde unterwegs gewesen waren, konnten wir den Markt bereits sehen. In zwei Straßen reihten sich kleine Stände mit einer zeltähnlichen Überdachung aneinander. Der Alasitasmarkt findet jedes Jahr zur gleichen Zeit in Sucre statt und dauert einige Tage. Danach ziehen die Leute in andere Orte weiter. Alles auf dem Markt war bunt gemischt und die Leute drängten sich durch die Reihen. Gleich zu Beginn auf der linken Seite wurden Süßigkeiten angeboten. Es gab Bonbons und Gebäck. Hier standen natürlich sehr viele Kinder. Wir entschieden uns dafür, erst einmal auf der linken Seite alle Stände zu besichtigen und anschließend auf der anderen Seite zurück zu laufen. Neben dem Süßigkeitsstand saß ein alter Mann in zerschlissenen Hosen auf einem Hocker und formte mit der Hand und einigen Hilfsmitteln Figuren aus Silber. In seinen Händen entstanden Figuren für Ketten, Ringe und weitere Andenken. Seine Geschicklichkeit und Geduld beeindruckten mich sehr. Zur Erinnerung kaufte ich eine Halskette mit einem Anhänger. Als wir weiter gingen, kamen wir an einen Stand, an dem Lose verkauft wurden. Darauf standen Nummern, die zu Geschenken gehörten. Diese waren gleich auf einem Tisch ausgestellt. Da gab es Vasen und verschiedene Miniaturen, an denen Zettel mit den entsprechenden Nummern angebracht waren. Jede Nummer bedeutete ein Geschenk. Allerdings kauften wir kein Los. Gleich einen Stand weiter blieben Marcela und Magela stehen. Also ging ich zu den beiden hin, um zu sehen, was sie so interessierte. Karem erzählte uns, dass es dort diese Souvenirs zu kaufen gab, die groß werden, wenn man fest daran glaubt. Das war natürlich für uns sehr ungewöhnlich und völlig neu. Es gab die unterschiedlichsten Sachen zu sehen. Kleine und große Häuser, Geldbündel mit Glückskäfern darauf und noch viele andere faszinierende Dinge. Karem übersetzte mir, dass ihre Mutti wissen wolle, was mir davon gefiel. Ich zeigte auf ein kleines Haus, dass aus Holz gefertigt war, mit einer Garage nebenan. Marcela sprach darauf hin mit dem Mann am Stand und er packte das Haus in einen Beutel, schüttete Konfetti und eine und eine unbekannte Flüssigkeit hinein und band ihn dann zu. Danach schwenke er ihn über einer kleinen Flamme und sprach einige geheimnisvolle Worte. Dann überreichte er den Beutel Marcela. Sie gab dem Mann etwas Geld und schenkte mir den Beutel mit dem kleinen Haus. Ich freute mich riesig und bedankte mich herzlich bei ihr.

Wir gingen weiter, denn es gab noch vieles zu sehen. Marcela und Magela kauften noch Pflanzen ein. Die Zeit verging wie im Flug, als wir den Markt durchstreiften. So kamen wir auch an einen Stand, an dem Musikkassetten und CD`s angeboten wurden. Natürlich zog das Karem und Nadine sofort an. So blieben wir stehen und sahen uns die Angebote an. Marcela und Magela schauten sich nach bolivianischer Folklore um, während Nadine sowie Karem sich mehr für Rock und Popmusik interessierten. Marcela kaufte eine Folklorekassette und eine, die sich Karem und Nadine ausgesucht hatten.

Inzwischen war es spät geworden und wir hatten Hunger. Also machten wir uns auf den

Heimweg. Auf dem Weg zum Auto lud Marcela ihre Schwägerin zum Abendessen ein. Bald waren wir wieder zu Hause. Als wir dort ankamen, brachten wir zuerst unsere Souvenirs ins Zimmer. Während sich Karem und Nadine angeregt unterhielten und die neue Musikkassette hörten, ging ich in die Küche, um Marcela und Magela zu helfen. Karem rief mir hinterher: „Mum, kannst du bitte gefüllte Eier machen?" - „Klar", sagte ich. Darauf rief sie ihrer Mutti etwas zu, die gerade Salate herrichtete und Tee kochte. Als ich in die Küche kam, hatte Marcela bereits auf dem Tisch Eier bereit gestellt. Sie zeigte dauf und sagte: „Huevos." So wusste ich nun auch, was „Eier" auf Spanisch hieß. Eine große Hilfe war, dass Magela Englisch sprach. Ich kochte die Eier ab und erklärte ihr, dass ich noch Salz, Pfeffer und Ketchup benötigte. So ging alles sehr schnell. Marcela und Magela sahen zu, wie ich die gefüllten Eier zubereitete.

Es dauerte nicht lange, bis wir Nadine und Karem die Treppen hinunter kommen hörten. Die Situation wurde komisch, als Karem plötzlich „Mum" rief. Automatisch fragte ich „Ja?" und Marcela „Si?" Wir schauten uns an und begannen zu lachen. Karem wollte ihre Mutti etwas fragen und hatte sie gemeint. Inzwischen stand Marcela wieder am Herd. Nadine ging zu ihr und legte ihre Arme um Marcelas Schultern. Neugierig schaute sie in die Töpfe und nannte nun auch Marcela „Mum", was sie zum schmunzeln brachte. Das Essen schmeckte sehr gut und wir unterhielten uns noch darüber, wie wir den Abend gestalten wollten. Wir entschieden uns dafür, im Wohnzimmer Karten zu spielen und Tee zu trinken. Karem kannte ja unsere Kartenspiele und freute sich schon darauf. Schnell räumten wir noch den Tisch ab. Danach nehmen wir den Tee und die Karten und setzten uns an den Wohnzimmertisch. Während Nadine die Karten verteilte, erklärte Karem ihrer Mutti die Spielregeln. Sie lernten es sehr schnell und es machte sehr viel Spaß. Oft haben wir Tränen gelacht, wenn ich „Herz" meine und Marcela „corazòn" sagte. Der Abend war sehr lustig und verging wie im Flug. Bevor sich Magela verabschiedete, sagte sie noch, dass wir am nächsten Tag zum Kaffeetrinken bei Zulema eingeladen waren. Zulema war die Mutti von Mariela, die wir bereits im Museum kennen gelernt hatten. An der Tür verabschiedeten wir uns herzlich von Magela. In diesem Moment kam Arturo von der Arbeit nach Hause. Marcela erzählte ihm, wie wir den Tag verbracht hatten. Bevor Karem, Nadine und ich in unsere Zimmer gingen, wünschten wir noch eine gute Nacht. Wir saßen noch einige Zeit bei uns im Zimmer und unterhielten uns über Deutschland, Freunde und was es Neues gab. Wir waren alle einfach nur glücklich darüber, dass wir zusammen waren.

16. Kapitel

Am nächsten Morgen war Nadine schon wach und sagte zu mir: „Du, wollen wir heute nicht zu Fuß in die Stadt gehen?" Ich überlegte kurz und nickte. Beim Frühstück versuchte ich mit Händen, Füßen und einem Wörterbuch Marcela verständlich zu machen, was wir vor hatten. Sie lächelte. Als wir vor der Tür standen, beschlich mich allerdings ein komisches Gefühl. Naja, notfalls wussten wir ja die Adresse, falls wir uns verlaufen sollten. Zuerst gingen wir eine Weile die Straße entlang, die wir bereits mehrmals mit dem Auto befahren hatten. Aber jetzt nahmen wir doch mehr wahr. Viele Häuser, an denen wir vorbei gingen, sahen sehr einfach und ärmlich aus und überall liefen die unterschiedlichsten Hunderassen frei herum. Auf einmal kam von links ein Bus angefahren. Er war ziemlich bunt. Wir sahen in unserer Nähe eine Frau, die am Straßenrand stand und einen Arm hob. Weit und breit sahen wir allerdings keine Bushaltestelle. Direkt vor der Frau hielt der Bus an und sie stieg ein. Wie das Bussystem hier funktionierte, war mir irgendwie schleierhaft und ich nahm mir vor, jemanden danach zu fragen.

Wir gingen einfach weiter geradeaus, bis wir zu einem hohen Turm kamen. Am oberen Teil war eine Uhr angebracht. Unterwegs begegneten wir vielen Bolivianern. Die meisten waren einfach gekleidet. Die Männer trugen dunkle Hosen und Hemden. An den Frauen sah ich fast nur dunkle Röcke, Blusen und Strickjacken. Viele von ihnen saßen an den Straßen oder vor Geschäften und versuchten Obst, Eier oder andere Dinge zu verkaufen. Die meisten Türen waren geöffnet, so dass wir einen Blick hinein werfen konnten. Neugierig schauten wir auch in viele Schaufenster.

An dem Turm gabelte sich die Straße und wir überlegten, in welche Richtung wir gehen sollten. Mein Blick schweifte durch die Gegend. Als ich nach rechts sah, erblickte ich eine steil bergab führende Straße. Dort unten sah ich die großen weißen Gebäude, die wir am Plaza gesehen hatten. Der Blick in diese Weite war schon beeindruckend. Irgendwie standen wir auf einer Anhöhe in den Anden. So konnten wir von hier aus weit über die Stadt sehen, die zwischen den Bergen eingebettet war. Wir gingen die steile Straße begab in Richtung Plaza. Unterwegs sahen wir viele Taxen, die unaufhörlich hupten. Ich nahm mir vor, mit Karem darüber zu sprechen. Es dauerte nicht lange, da standen wir auf dem Plaza und merkten uns das Gebäude für den Rückweg. Wir bummelten langsam über den Platz und sahen uns die Geschäfte an. In einem Laden wurden

Anhänger, Ketten und handgefertigte Taschen angeboten. Nadine nahm für ihre Freundinnen Freundschaftsbänder und für uns beide aus Stoff gefertigte Umhängetaschen mit. Sie waren wunderschön. In einem anderen Geschäft kauften wir Ansichtskarten von Sucre, die wir an unsere Freunde in Deutschland schicken wollten. Wir fragten mit Hilfe eines kleines Wörterbuches nach der Post und verlangten dort nach Briefmarken. Da wir gerade am Plaza waren, gingen wir in das Museum, in dem Mariela arbeitete. Sie hatte gerade eine Führung und wir sahen ihr zu. Als sie fertig war, gingen wir auf sie zu. Sie lächelte und umarmte uns. Wir erzählten ihr, dass wir bei ihrer Mutti zum Kaffeetrinken eingeladen waren. Sie freute sich und sagte, dass wir uns ja dort dann sehen würden.

Nun wurde es langsam Mittag und wir machten uns auf den Rückweg. Marcela würde bestimmt schon auf uns warten. Unterwegs kamen wir an einer Straße vorbei, wo am Straßenrand eine Frau an einem kleinen Stand Obst verkaufte. Nadine sagte zu mir: „Du Mum, Karems Familie wird sich sicher freuen, wenn wir ein paar Bananen mitbringen." – „Gut", sagte ich und fragte die Bolivianerin: „Cuànto costa?", und zeigte auf die Bananen. Sie antwortete etwas und wir hielten zehn Finger hoch, um ihr die Anzahl zu zeigen. Die Frau lächelte zwar, aber schüttelte den Kopf. Ich verstand es nicht und versuchte es noch einmal, allerdings mit dem gleichen Ergebnis. Ich war sehr enttäuscht und wusste nicht, was ich falsch gemacht hatte. Bananen kaufen kann doch nicht so schwer sein, dachte ich. Wir gingen also ohne Bananen wieder die gleichen Straßen zurück bis zu dem Turm mit der Uhr. Dort bogen wir nach links ab und es dauerte nicht lange, bis wir wieder vor Karems Tür standen. Wir klingelten und Marcela öffnete uns. Das Essen war auch schon fertig. Im Wohnzimmer trafen wir auf Karem und ihren Vati. Wir alle deckten den Tisch und trugen das Essen hinein. Marcela hatte ein köstliches Pfannegericht zubereitet. Als wir alle am Tisch saßen und aßen, unterhielten wir uns darüber, wie wir den Vormittag verbracht und was wir unternommen hatten. Wir erzählten von unserem Spaziergang zum Plaza. Als ich von dem versuchten Bananenkauf berichtete, begann sie zu lachen und übersetzte es ihren Eltern. Sie lachten nun auch nicht mehr. Wir verstanden nichts und schauten sie nur erstaunt an. Karem sagte uns, dass es Obst generell nur in größeren Mengen zu kaufen gibt. Das hieß für uns, es gab noch vieles zu erleben und zu lernen.

Beim Essen sprachen wir noch über den weiteren Tagesverlauf. Arturo würde noch bis zum Abend arbeiten und Karem wollte mit Nadine zu einer Geburtstagsparty gehen. Karems Mutti wollte mit mir und Freundinnen in einer italienischen Pizzaria essen gehen. Vorher waren wir allerdings erst einmal bei Marielas

Mutti eingeladen. Nach dem Mittagessen räumten wir den Tisch ab. Arturo ging wieder zur Arbeit und Karem zurück zur Uni. Sie hatte noch Vorlesungen.

Es dauerte nicht lange, bis auch wir uns auf den Weg machten. Unterwegs kamen wir wieder am Plaza vorbei. Zwei Querstraßen weiter stellte Marcela das Auto ab. Sie ging auf ein Haus zu und klingelte an der Tür. Kurz darauf öffnete Mariela. Sie begrüßte uns lächelnd und führte uns in den Hof. Er war mit roten Fließen ausgelegt. In der Mitte und an den Seiten waren Blumen gepflanzt. Wir durchquerten den Hof und öffneten die gegenüberliegende Holztür. Plötzlich standen wir mitten in einem Schlafraum. Dort standen nur zwei einfache Betten und Nachtschränkchen. An der Wand hing ein Kreuz und ein paar katholische Bilder. Gegenüber der Tür, durch die wir gekommen waren, befand sich ein weiterer Durchgang. Mariela führte uns hindurch. In dem Raum stand eine einfache und praktisch eingerichtete Küche. Dort hantierten zwei Damen. Mariela stellte uns zuerst die jüngere der beiden als ihre Mutti Zulema vor. Beide sahen sich sehr ähnlich. Die ältere Dame war die tia Luz. Wir wurden herzlich begrüßt und sollten am Tisch Platz nehmen. Er war bereits mit Tee, Brot, Butter und Wurst gedeckt. Kaum saßen wir, da klingelte es wieder an der Tür. Mariela ging erneut hin, um sie zu öffnen. Herein kamen Evie und Magela. Wieder gab es eine herzliche Begrüßung. Eine tolle Atmosphäre. Meistens unterhielt ich mich mit Evie, weil sie Deutsch konnte und alles für die anderen übersetzte. Es prasselten viele Fragen auf uns ein. Natürlich wollten alle wissen, wie das Austauschjahr war und wie es uns gefallen hatte. Evie wollte nun wissen, wie wir hier in Bolivien zurecht kamen und was wir schon gesehen und erlebt hatten. Wir berichteten ihr alles und Marcela lächelte. Sie erzählte die Geschichte mit den Bananen. Alle lachten. Den Grund kannten wir ja nun schon. Ich sagte dann auch, dass es einige lustige Missverständnisse gab. Einmal zum Beispiel fragte mich Marcela: „Toma tè?" Ich wusste nicht, was sie meinte. Plötzlich dachte ich, das klang doch wie das englische Wort für Tomate und fragte: „Tomatos?" Magela, die ja Englisch verstand, erklärte meinen Gedankengang und beide grinsten. Magela übersetzte mir die Frage ins Englische. Marcela wollte wissen, ob ich Tee möchte.

Evie erzählte uns, dass es in der Nähe der Postein Internetcafè gab. Das war natürlich sehr interessant für uns. Dann konnten wir ja E-Mails nach Hause schreiben. Wie wir so am Tisch saßen, kam plötzlich ein kleiner weißer Hund auf uns zu und schnüffelte herum. Nadine war gleich Feuer und Flamme. Mariela bemerkte es und sagte zu ihr: „Der Hund heißt Kongo." Nadine fragte: „Kann ich mit Kongo in den Hof gehen und mit ihm spielen?" Alle nickten. Nun ging Nadine hinaus und Kongo lief schwanzwedelnd hinterher. Wir blieben sitzen und unterhielten uns. Mariela erzählte, dass sie mit ihrer Mutti Zulema, der tia Luz und ihren zwei Brüdern in diesem Haus wohnte. Ich fand, dass sie sehr gut Deutsch und Englisch sprach. Es war ein tolles Gefühl, mit ihnen zusammen zu sitzen. Evie fragte mich, ob mich noch etwas interessierte. Nach kurzem Überlegen wollte ich wissen, wie das Bussystem funktionierte und erklärte ihr, was ich am Vormittag gesehen hatte. „Hier gibt es kein Bussystem", antwortete sie. Nun verstand ich gar nichts mehr. Evie sagte mir, dass die Busse privat seien und überall dort anhielten, wo jemand winkte und einsteigen wollte. Ich staunte nicht schlecht, als ich das hörte. Daraufhin meine Marcela: „Wir können morgen mit dem Bus in die Stadt fahren. Ich muss einkaufen, dann ins Internetcafè gehen und außerdem kommt der spanische König Juan Carlos nach Sucre." Ich war völlig verblüfft und fragte: „Können wir ihn sehen? Das wäre toll." – „Si", sagte Marcela kurz.

Mir fiel ein, dass wir ja noch beim Reisebüro nachfragen sollten, ob mit dem Rückflug alles in Ordnung ging. Somit war der nächste Tag auch schon verplant. Langweile kannten wir nicht. Es gab so viel zu erleben. Plötzlich kam Nadine herein und sagte: „Karem wartet auf mich. Wir wollen zur Geburtstagsparty gehen." Sie hatte Recht. Wir hatten völlig das Zeitgefühl verloren, denn der Nachmittag war so angenehm gewesen. Marcela meinte, dass sie Nadine kurz zu Karem bringen wolle und wir uns dann im italienischen Restaurant treffen könnten. Gesagt, getan. Marcela und Nadine verabschiedeten sich. Kurz darauf machten auch wir uns auf den Weg. Nur tia Luz blieb zu Hause.

Das Restaurant befand sich in der Nähe des Plaza. Wir gingen hinein und suchten uns einen schönen Platz am Fenster. Kaum saßen wir, kam auch schon der Kellner und fragte, was wir trinken wollten. Evie fand es besser, Fruchtsaft mit Milch zu bestellen. Sie übersetzte mir die Speisekarte. So bestellten wir den Saft. Kaum war der Kellner gegangen, ging die Tür auf und Marcela kam herein. Magela hob ihre Hand, so dass sie uns sehen konnte. Nun waren wir wieder komplett und bestellten das Essen. Wir stimmten darin überein, uns eine Pizza zu teilen. Viele waren mit Salami und anderen leckeren Dingen belegt. Wir unterhielten uns und lachten. Das war ein heilloses Durcheinander von Englisch, Spanisch und Deutsch. Marcela sprach nur Spanisch. Magela und Evie übersetzten. Wir lernten uns immer besser kennen, so wurde es immer herzlicher. Sie erzählte mir, dass die Stadt Potosí sehr interessant ist. Sie sei berühmt für ihr Silberaufkommen und es gäbe dort viele sehenswürdige Museen. Nicht nur damals, sondern noch heute gibt es Menschen, die in den Anden nach Gold und Silber suchen. Evie erzählte mir, dass die Spanier damals so viel Silber gefördert hatten, dass man daraus eine Brücke zwischen Amerika und Europa bauen könnte. Sie empfahl mir auch, Uyuni zu besuchen. Neugierig wollte ich wissen: „Was gibt es denn dort zu sehen?" Evie berichtete von einem Salzsee, über den man gehen könne. Außerdem gäbe es dort sehr viele Kakteen und ein Salzhotel. Verdutzt fragte ich: „Salzhotel?" – „Ja", grinste Evie. Es ist ganz aus Salz, die Stühle, die Tische und die Betten." Das war ja unvorstellbar. Gern hätte ich mir das alles angesehen, aber ich sollte nicht mehr dazu kommen.

Der Abend wurde immer schöner. Es war kurz vor Mitternacht, als wir uns dann alle müde von einander verabschiedeten.

17. Kapitel

Nadine und ich wachten am nächsten Morgen gleichzeitig auf. Es war gerade 8 Uhr. Nadine sah noch ziemlich verschlafen aus. „Wie war die Party?", fragte ich. „Prima. Wir waren erst gegen 2 Uhr morgens zu Hause. Die Musik war super und alle haben getanzt", erzählte sie begeistert. Wir duschten und gingen frühstücken. Karem saß schon in der Küche und aß, denn sie musste zur Uni. Auch sie sah noch müde aus. Arturo war bereits auf der Arbeit und Marcela hantierte in der Küche. Nach dem Frühstück gingen wir in Richtung Zentrum. Als Marcela einen Bus kommen sah, hob sie die Hand. Der Bus hielt direkt vor uns und sie bezahlte den Fahrer. Nun würden wir also das erste Mal in einem bolivianischen Bus fahren. Der Bus war sehr voll und die einfachen Sitze waren ziemlich hart. In der Nähe des Plaza gab Marcela uns dann zu verstehen, dass wir gleich aussteigen würden. Auf einmal merkte ich, wie sich unter einigen Sitzen etwas bewegte. Als ich genauer hin sah, stellte ich fest, dass es Hunde waren. Wie selbstverständlich trotteten einige von ihnen wenig später vor uns aus dem Bus. Als ich auf den Bürgersteig trat, sah ich, dass andere Hunde wiederum in den Bus einstiegen. Ich war völlig fasziniert. Bei uns in Deutschland wäre so etwas unvorstellbar. Der Bus fuhr mit offenen Türen weiter.

Wir überquerten den Plaza und stellten fest, dass sich das Internetcafè und die Post in derselben Straße befanden. Wir betraten das Cafè und sahen eine Art Tresen und eine Preistafel für Getränke, sowie den Hinweis, dass eine Stunde Internetnutzung einen Boliviano kostete. Das waren umgerechnet 10 Cent. Auf der rechten Seite standen einige Computer. Wir setzten uns und die freundliche Dame hinter dem Tresen half uns, uns zurecht zu finden.

Marcela setzte sich dazwischen und sah interessiert zu, wie wir E-Mails an unsere Freunde schrieben.

Nach dem Verlassen des Internetcafès gingen wir zu einem Reisebüro. Auf unseren Reiseunterlagen stand der Hinweis, dass wir uns vor unserem Rückflug in einem Reisebüro informieren sollten, ob mit dem Flug alles in Ordnung ginge. Ich dachte mir, ich gehe nur kurz hinein, zeige unsere Tickets mit den Flugdaten und gehe dann wieder. Die restliche Zeit wollten wir für einen Stadtbummel nutzen. Es sollte wieder einmal alles anders kommen. Wir gingen in das Reisebüro, zeigte mein Ticket vor und wartete auf das OK der Mitarbeiterin. Doch weit gefehlt. Die Dame lächelte mich an, schüttelte mit dem Kopf und sagte: „Problema in Alemania!" Ich hatte nicht verstanden, was sie gesagt hatte und versuchte es in Englisch. Sie wiederholte: „Problema in Alemanis!" Dann sprach sie mit Marcela. Es schien Probleme zu geben. Wir vertagten das Problem auf später.

Gemeinsam gingen wir dann einkaufen. Voll bepackt gingen wir anschließend in Richtung Plaza. Dort kam ein bunter Bus und dieses Mal hielten wir die Hand hoch. Der Bus hielt und wir stiegen ein. Die Taschen mit den Lebensmitteln mussten wir festhalten, weil sie in jeder Kurve ins Rutschen kam. In der gleichen Straße, in der wir am Morgen eingestiegen waren, verließen wir den Bus wieder. Wie auf der Hinfahrt stiegen wieder viele Hunde ein und aus. Mit den Einkäufen bepackt, gingen wir ins Haus. Es war fast Mittag. Während ich die Taschen auspackte, begann Marcela mit dem Mittagessen. So ganz nebenbei sah ich, dass sie klein geschnittenes Fleisch würzte und es in Teig hüllte. Das Ganze kam dann in die Backröhre. Es dauerte nicht lange, bis Karem und Arturo nach Hause kamen. Inzwischen deckten Nadine und ich den Tisch. Das Essen schmeckte sehr gut. Während wir so gemütlich bei Essen saßen, lief das Radio. Es war zwar in Spanisch, aber einige Brocken verstand ich doch. Leider. Alle verstummten und Karem übersetzte uns die Meldung, dass in Frankreich ein Flugzeug abgestürzt war. Mir wurde ganz anders und ich dachte mit Grauen an unseren Rückflug. Das war die erste schlechte Nachricht. Die zweite betraf das Reisebüro, über welches Marcela nun sprach. Karem erklärte uns, dass es ein Problem mit unserem Rückflug gab. Unsere Flugdaten waren nicht im Computer und ohne diese könnten wir nicht nach Deutschland ausreisen. Ich erzählte Karem von dem Umzug des Magdeburger Reisebüros. Es stellte sich heraus, dass die Mitarbeiterin vergessen hatte, unsere Daten weiterzuleiten. Ich bekam einen großen Schreck. Was sollten wir tun? Nadine hatte noch Ferien, aber ich musste ja wieder zur Arbeit. Außerdem mussten wir wieder diese lange Strecke über Santa Cruz, Argentinien und

Madrid nach Frankfurt am Main fliegen. Karems Familie bemühte sich, uns zu helfen. Und wir nahmen uns vor, in Deutschland anzurufen. Karem sagte: „Heute Abend fahren wir kurz zum Entel und von dort kannst du anrufen."

Nach dem Essenfuhren wir mit Karem zum Plaza. Dort waren unglaublich viele Menschen versammelt. Vor dem Freiheitsmuseum standen viele Schaulustige. Denn an diesem Tag wurde der spanische König Juan Carlos mit seiner Frau erwartet. Karem traf viele Freunde und stellte uns vor. Wir suchten weit vorn einen guten Platz, um alles sehen zu können. Man trifft ja nicht alle Tage einen echten König. Da kam er. Begleitet von einigen Bodyguards gingen er und seine Frau die Straße entlang. Es war ein erhebender Moment, ihn so nahe zu sehen. Wir standen auf der anderen Straßenseite und machten viele Fotos. Mit seinem Gefolge betrat der König das Freiheitsmuseum. Karem erzählte uns, dass er öfters nach Sucre käme, um Geld für den Erhalt der spanischen Kolonialbauten zu stiften. In der Menschenmenge fielen mir Kinder in Uniform auf und ich fragte danach. Karem erklärte mir, dass das Schuluniformen sind. Jede Schule hat ihre eigenen Farben. Und ich bemerkte, dass die Schüler diese mit Stolz trugen.
Am späten Nachmittag gingen wir zum Entel. Das ist mit unsere Telekom vergleichbar. Es war ein riesiges Gebäude. Auf der rechten Seite gab

es einen großen Tisch, hinter dem ein Bolivianer stand. Auf der Tafel rechts daneben standen sämtliche internationale Ländervorwahlen. Auf der linken Seite gab es mehrere Telefonzellen. Wir gingen zu dem Herrn hinter dem Tisch. Er zeigte auf die Telefonzelle, die wir benutzen sollten. Karem und Nadine blieben davor stehen. Als ich den Hörer abnahm, sah ich, dass nicht nurdie Telefonnummer angegeben war, sondern auch gleich der Preis. Sehr gut, dann würde ich hinterher keinen Schock bekommen.

Zuerst versuchte ich, meine Freundin Carola anzurufen. Leider war niemand zu erreichen. Danach versuchte ich es bei Marion und hoffte, dass sie zu Hause war. Ich war heilfroh, als ich ihre Stimme hörte. Ich sagte: „Bitte hör mir zu! Wir haben hier ein Problem! Wir stehen auf keiner Flugliste. Das Reisebüro hat vergessen, unsere Daten in das System einzugeben. Bitte frage im Reisebüro nach." Statt auf meine Bitte einzugehen, erwiderte sie seelenruhig: „Wo bist du denn und wie geht es dir?" Hatte sie nicht gehört, dass ich ein Problem hatte? Ich war nervös, da unser Rückflug in den Sternen stand. „Hast du mich verstanden?", fragte ich aufgeregt. „Ja", sagte sie. „Ich rufe das Reisebüro an und schreibe dir eine E-Mail. Und Carola werde ich auch informieren. Nun war ich beruhigt und hoffte, dass jetzt alles gut werden würde. Gemeinsam gingen wir dann gemächlich nach Hause. Gerade als wir zur Tür herein kamen, klingelte das Telefon. Karems Schwester Fabiana war am Apparat. Sie lud uns zu sich nach Tarija auf ihre Finka ein. Wir bedankten uns und hofften, dass es klappen würde. Inzwischen war es spät geworden und trotz der Aufregung wegen des Fluges war ich müde.

18. Kapitel

Voller Erwartung, ob Marion geschrieben hatte, gingen Nadine und ich nach dem Frühstück ins Internetcafè. Nun kannten wir ja schon den Weg und wussten, wie alles funktionierte. Ich war sehr gespannt, ob Marion etwas im Reisebüro erreicht hatte. Mein Herz schlug bis zum Hals, als ich die E-Mails öffnete. Marion schrieb, dass sie Carola und das Reisebüro angerufen hatte. Wir könnten nachts um 1 Uhr von La Paz nach Buenos Aires fliegen. Von dort sollte es dann kurz nach 15 Uhr nach Madrid weiter gehen. Ich war sehr froh über dieses Möglichkeit. Nur, wie sollten wir nach La Paz kommen?

Auf dem Weg zu Karems Haus kauften wir noch letzte Souvenirs. Nach dem Essen fuhren wir dann in die Umgebung von Sucre. Karems Familie wollte uns ein außerhalb der Stadt gelegenes Schloss zeigen. Mit unserer Kamera bepackt, fuhren wir zum Schloss „La Glorieta".

Wir fuhren mit dem Auto etwas über eine Stunde in Richtung Berge. Mir fiel wieder auf, wie trocken hier alles war. Das Auto stellten wir vor dem Schloss auf einer freien Fläche ab und gingen durch ein großes schmiedeeisernes Tor. Von außen war das Schloss rötlich. Wir gingen durch viele Räume, die teilweise rekonstruiert worden waren. Als wir durch die Säle schritten, erzählte Karem, dass das Schloss 1893 erbaut wurde. Es gehörte dem Prinzen Francisco Argandona und seiner Frau Clotilde Urioste de Argandona. Zum Schloss gehörte auch ein Turm. Neugierig wie wir waren, stiegen wir natürlich hinauf. Oben bot sich uns ein atemberaubender Ausblick. Zu unseren Füßen lag ein Park aus Palmen mit einem schönen Springbrunnen und vielen Bänken. Dahinter befand sich ein Flussbett, dass allerdings im Winter ausgetrocknet war. Auf der anderen Seite des Flussbettes standen einige langgestreckte flache, aber moderne Gebäude. Es sah aus wie ein Camp. Ich wollte das genauer wissen und fragte Karem: „sag mal. Was ist denn das?" Sie erklärte mir, dass der Prinz und die Prinzessin keine eigenen Kinder haben konnten und aus diesem Grund ein Camp für Waisenkinder erbauen ließen.

Langsam stiegen wir wieder die Treppen hinunter. Wir spazierten durch den Park und fotografierten sehr viel. Die Dämmerung brach herein und wir fuhren zurück in die Stadt. Kaum waren wir daheim und aßen zu Abend, da kam

Magela zu Besuch. Nach dem Essen spielten wir Karten und hörten noch etwas Musik.

****

Es war Sonntagmorgen. Karem erzählte uns beim Frühstück, dass wir außerhalb von Sucre in einem berühmten Restaurant essen würden. Wir freuten uns sehr und schon bald ging es los. Nach zwei Stunden erreichten wir ein kleines Dorf. Auf einem kleinen Parkplatz stellte Arturo das Auto ab. Dann gingen wir durch das Dorf. Karem sagte: „Wir überqueren gleich eine Brücke und auf der anderen Seite befindet sich das Restaurant. Es hat einen sehr guten Ruf. Als ich die Brücke sah, stockte mir der Atem. Sie sah mehr als wacklig aus und es fehlten einige Bretter. Würden wir heil hinübe kommen, fragte ich mich? Die Brücke wurde nur von Eisenstreben gehalten, an denen wir uns festzuhalten versuchten. Mutig gingen Karem und Nadine als Erste über die Brücke. Dann nahm ich Marcela an die Hand und wir balancierten vorsichtig über das Holz. Endlich waren wir drüben und warteten auf Arturo. Er traute dieser Brücke nicht und ging sehr vorsichtig. Gemeinsam marschierten wir dann Richtung Restaurant. Als wir davor standen, mussten wir feststellen, dass wir uns umsonst über die Brücke gewagt hatten, denn das Restaurant hatte geschlossen. Arturo überlegte kurz und sprach dann mit Karem. Sie meinte, im Dorf gäbe es noch eine gemütliche Gaststätte. Also stellten wir uns ein zweites Mal der wackligen Brücke und gingen essen. Tische und Stühle standen im Freien und rings herum gab es Palmen. Es war alles sehr einfach eingerichtet, aber sehr gemütlich. Hier aßen wir ein Fleischgericht und tranken Cola.

Gestärkt fuhren wir nach Hause zurück. Ich dachte, dass es wieder nach Hause fahren würden, aber dem war nicht so. Die Fahrt ging fast bis ins Stadtzentrum. Karem meinte: „Wir zeigen euch den Park Bolivar." Es war ein wunderschöner Park mit einem kleinen See. Darauf konnte man sogar Tretboot fahren. Karem und Nadine probierten es aus. Ich machte ein Foto nach dem anderen und suchte neue Motive, als ich plötzlich stutzte. Ich stand mit einem Mal vor dem Eiffelturm und dem Triumphbogen. Karem lachte, als sie mein überraschtes Gesicht sah und erklärte mir, dass früher reiche Bolivianer ihre Kinder in Paris studieren ließen. Diese waren so begeistert, dass sie beide Sehenswürdigkeiten für diesen Park nachbauen ließen. Karem fragte mich, ob wir nicht einmal auf den Eiffelturm klettern wollten. Klar wollten wir. Er war nicht so hoch wie das Original, aber wir hatten von oben einen tollen Blick über die Stadt. Der Park gefiel uns so gut, dass wir bis zum späten Abend blieben.

****

Der nächste Morgen begann sehr traurig. Nach dem Frühstück rief Graciela überraschend aus Santa Cruz an. Marcela hatte sie über unser Rückflugproblem informiert. Sie wollte helfen, hatte sich erkundigt und einen Flug organisiert. Natürlich waren wir froh über ihre Hilfe. Allerdings mussten wir noch am gleichen Tag zurück fliegen, denn alle anderen Flüge waren ausgebucht. Wir sollten kurz nach 17 Uhr von Sucre abfliegen. Nun musste alles sehr schnell gehen. Wir mussten überstürzt unsere Sachen zusammen packen. Traurig und mit Tränen in den Augen gingen wir anschließend in die Stadt und besuchten Mariela auf Arbeit. Sie war überrascht uns zu sehen. Als sie unsere Tränen bemerkte, fragte sie aufgeregt, was passiert sei. „Wir müssen heute abreisen. Es gibt keinen anderen Flug mehr. Wir möchten uns nur schnell verabschieden." Sie hatte auch Tränen in den Augen und wünschte uns einen guten Rückflug. „Ich werde euch vermissen. Vergesst mich nicht und schreibt einmal," sagte sie zum Abschied. Leider hatten wir keine Möglichkeit mehr, uns von Evie und Zulema zu verabschieden. Es war alles so traurig. Das sonst so leckere Mittagessen wollte nicht recht schmecken.

Am Nachmittag kam Magela kurz vorbei, um uns zu verabschieden. Gegen 16 Uhr brachten uns Marcela und Karem dann zum Flughafen. Dort konnte keiner mehr die Tränen zurück halten. Wir lagen uns lange in den Armen und konnten uns kaum trennen. Die gemeinsame Zeit war zu schön gewesen. Nun gaben wir unser Gepäck auf und mussten durch die Absperrung gehen. Nadine und ich standen in mitten der Passagiermenge. Als wir uns noch einmal umdrehten, sahen wir Karem und Marcela winken. Plötzlich sagte Nadine: „Mum, ich muss zurück! Ich will hier bleiben!" Ich konnte das gut nachvollziehen. Mir ging es ähnlich. Nadine fiel ihrer Schwester Karem und Marcela um den Hals und kam dann völlig aufgelöst auf mich zu. Ich nahm sie in die Arme und versuchte sie zu trösten.

Schweren Herzens bestiegen wir das Flugzeug. Dreißig Minuten später landeten wir in Santa Cruz und Graciela nahm uns dort in Empfang. Wir schnappten uns unser Gepäck und fuhren mit dem Bus zu Gracielas Haus. Sie wohnte dort gemeinsam mit einer Freundin. Kaum betraten wir das Haus, klingelte das Telefon. Graciela nahm den Hörer ab, am anderen Ende war Karem. Sie wollte unsere Flugdaten wissen, damit sie in Gedanken bei uns sehr konnte. Karem übersetzte uns, dass ihre Tante uns zum Essen einladen wollte und wir ihr mitteilen sollten, ob wir auf Asiatisch oder Italienisch Lust hätten. Ich sagte: „OK" und gab Nadine den Hörer. Sie begann erneut zu weinen und schluchzte nur: „ I miss you, Karem." Karem ging es genauso.

Wir entschieden uns für italienisches Essen und gingen in ein nahegelegenes Restaurant. Schnell kam der Kellner und wir bestellten Cola und Pizza. Nach dem Essen gingen wir zurück zum Haus. Während sich Nadine auf das Sofa legte, um zu schlafen, gab Graciela mir die geänderten Flugtickets. Kurz vor Mitternacht brachte sie uns dann zum Flughafen und half uns beim Eichchecken. Auch sie war sehr müde. Darum verabschiedeten wir uns voneinander. Nachdem wir uns umarmt hatten, gingen wir zum Abflugterminal. Dort saßen noch andere Fluggäste. Unter ihnen ein älterer Herr mit seiner Enkelin, die beide Deutsch sprachen. So gesellten wir uns zu ihnen. Wir stellten uns kurz vor und erfuhren, dass sie aus der Schweiz kamen und einen Vewandten besucht hatten, der im bolivianischen Amazonas lebte. Kurz vor 1 Uhr nachts bestiegen wir unser Flugzeug und wenig später starteten wir nach Buenos Aires. Vier Stunden später landeten wir in Argentinien. Nach einem Aufenthalt von drrei Stunden gingen wir wieder in die Abflughalle. Dort traute ich meinen Augen nicht, als ich mitten in der Menschenmenge Dolores Tòrres erkannte. Wir kämpften uns durch die Massen, um zu ihr zu gelangen. Gleich darauf kam auch ihr Mann.

Gemeinsam bestiegen wir das Flugzeug. Unsere Sitzplätze befanden sich in der Mitte des Flugzeuges. Kaum waren wir angeschnallt, hob das Flugzeug auch schon ab und wie ließen Amerika hinter uns. Unser nächstes Ziel war Madrid. Nadine lehnte sich an mich. Nach und nach versiegten ihre Tränen und sie schlief ein.